小学館

恋愛寫眞

もうひとつの物語

市川拓司

小学館

恋愛寫眞　もうひとつの物語

装丁　松田行正
編集　菅原朝也

彼女は嘘《うそ》つきだった。

ぼくは、彼女に嘘をつかれるたびに警戒するのだが、すっかり忘れた頃《ころ》にまた、同じような嘘に騙《だま》されてしまうのだった。

たとえば、いつだったか、彼女はこんなふうにぼくに言ったことがあった。

「気を付けたほうがいいわよ」

「気を付けるって、何を?」

「世界の人間の、5人に1人はテレパスなんだから」

「ほんとかな」

「ほんとよ。私確かめたんだもん」

「どうやって?」

簡単なのよ、と彼女は言った。

「怪しいと思ったら、その人の前で口には出さずに、こう考えるの。『あ、肩に蜘蛛《くも》がたかってる』

恋愛寫眞
——もうひとつの物語

って。それで、驚いたような顔で自分の肩を見たら、その人はテレパスよ」

「確かにそうだけど」

「人混みでそれをやるとびっくりするわよ。まわりでたくさんの人たちが慌てて自分の肩を見るんだから。ぞっとしちゃうわ」

そこまで言われるとさすがに心配になってくる。

「ちなみに、あの由香って子は、テレパスね」

「ほんと?」

「ええ、ほんとよ。確かめてみればいいわ」

そして、愚かにもぼくは彼女に言われるままに確かめてみた。『肩に蜘蛛が!』って。もちろん反応は無し。しばらくは人と会うたびに、それを繰り返していたが、どうやら少なくともぼくのまわりにはテレパスはひとりもいないみたいだった。

まるきり信じるほどお人好《ひとよ》しではないが、それでも確かめてしまったという事実は残る。そこがぼくの甘さだった。

「どうだった?」と彼女が訊《き》くので、「確かめもしなかったよ」とぼくは答えた。彼女はしばらく探るような目でぼくを見ていたが、やがてにっこりと微笑《ほほえ》むと優しく諭すような声で言った。

「嘘をつくなら、もう少し上手にならなくちゃね」

とにかく――――こんなふうにしてぼくは、彼女の嘘にいつも騙されていたのだった。

*

初めての出会いは、18歳の春にまで遡《さかのぼ》る。

キャンパスのすぐ裏手を走る国道。そこに掛かる横断歩道の手前に彼女は佇《たたず》んでいた。

背が低く、おそろしく華奢《きゃしゃ》な身体《からだ》のつくりの女の子だった。

無造作にカットされたショートヘアにチョコレート色したメタルフレームの丸眼鏡、そして鼠色《ねずみ》のシンプルなスモックに身を包んでいた。

彼女は右手を高く掲げ、自分が横断歩道を渡りたいのだという意志を行き交う車たちに昂然《こうぜん》とアピールしていた。

しかし4車線ある国道に車が途切れることはなく、ドライバーたちは、歩道の彼女に気付いてはいても、良心の呵責《かしゃく》には気付かぬふりをして、そのまま通り過ぎていった。

どう見ても渡れそうもない横断歩道で手を挙げ続ける彼女は、不器用な人間の小さなサンプル品のように見えた。

そして、不器用であるということは、ぼくにとっては大いなる美徳でもあった。

ぼくはゆっくりと歩いて彼女に近づくと声を掛けた。

「100mほど先に押しボタン式の信号があるから、そこから渡ったほうがいいと思うよ。ここで渡ることはきっと無理だと思うから」

彼女はぼくを見上げ、眩《まぶ》しそうに目を細めた。その表情で、彼女が自分と同じぐらいの歳《とし》であるということに気付いた。幼い顔をしていたが、そこには知性とすでに風格のようなものまでもが備わっていた。そして何よりも目を引いたのは、丸眼鏡のレンズの奥でこちらを見つめる巨大な瞳《ひとみ》だった。あとから知ったのだが、それは遠視用の眼鏡だった。ようは虫眼鏡越しにぼくは彼女の瞳を見ていたわけだ。


親しくなってから、彼女はぼくにこんなふうに言ったことがある。

「小さな子供だったときからこの眼鏡は掛けてるの。眼科の先生は、成長すればいつかはずせるようになるからって言ってた」

だから、と彼女は続けて、「私はきっとこれから大人の女性に成長していくんだと思う（そのとき彼女はすでに大学の3年生だった）。背だってもっと高くなるし、胸だって大きく膨《ふく》らんでいくはずよ。そしたらこの眼鏡をはずして、大人の女性みたいに振る舞うの」

そう言ってから彼女はズズっと鼻を啜《すす》った。いつも鼻炎を患っていたのだ。


そして、初めての出会いの時の彼女もやはり鼻を啜っていた。

ズズっと鼻を鳴らし、彼女はぼくに言った。

「でも、ここは横断歩道よ。渡ることのできない横断歩道っておかしくないかしら？」

彼女は鼻にかかったハスキーな声をしていた。ひどくアンバランスな印象を受けたが、それを言ったら、彼女の何もかもがアンバランスだった。

「そうだね。変だよね」

「それって、ちっとも甘くないザッハトルテだとか、閉所恐怖症の宇宙飛行士とかとおんなじようなものじゃない?」

「よく分からないんだけど」

「存在することの意義について言っているのよ」

渡れないならば、と彼女は言った。

「ここに在るべきではないわ。きっと博物館の床にでも描かれているべきなのね」

なるほど。

ぼくは大英博物館の磨かれた床にペイントされたゼブラ模様を思い浮かべた。悪くはないかもしれない。その隣では、ちっとも甘くないザッハトルテを閉所恐怖症の宇宙飛行士が口に運んでいる。

博物館らしい眺めだと言えた。

彼女は掲げていた腕を下ろすと、ズズっと鼻を鳴らした。

「あなたは?」と彼女が訊いた。

「あなたも向こうに渡りたいの?」

「いや、そうじゃない。ただ、通りかかっただけ。ぼくが行くのはあっち」

「そして私はこっちに行けばいいのね?」

ぼくは頷《うなず》き、彼女は感謝の意味のこもった微笑《ほほえ》みを見せた。ひどくぎこちない笑顔だった。おそらく彼女はもっと完璧《かんぺき》な笑みを見せたかったのだろうけど、その60％ぐらいの笑顔で精一杯といった感じだった。そして、できなかった40％の部分にぼくは好感を抱いた。

「さよなら」

彼女はそう言ってぼくに背を向け、歩き出した。ぼくもきびすを返し歩き始めたが、7歩目でふと思いついて立ち止まり、バッグからカメラを取り出した。

遠ざかる彼女はやっぱりおそろしく華奢な後ろ姿をしていた。

ファインダー越しに彼女を捕らえ、すばやくピントを合わせてシャッターを押した。

それが856枚のうちの最初の1枚となった。

＊

その後も彼女の姿はたびたび見かけた。

思ったとおり、彼女はぼくと同じ大学の学生だった。大教室で行われる教養課程の授業で、窓際の席に座る彼女の姿をぼくはよく目にした。あるいは、学生食堂で彼女を見ることもあった。彼女は友人たちと一緒だった。

一人はあまりに背が高すぎ、一人はあまりに太りすぎていた。そしてあまりに小さな彼女が間に座り、そこは地味で沈んだ印象をまわりに与えていた。

どちらかというと余りものの寄せ集めといった感じで、まわりのきらびやかな女の子たちの中で、3人だけが色彩を欠いていた。自己充足的で閉鎖的な彼女のグループを男子学生たちはほとんど無視していた。

大学の裏手には化学工場があって、ある特定の季節のある特定の時間帯になると、風に乗って工場の異臭がキャンパス内に届くことがあった。ほとんどの人間はそのあまりの臭《にお》いに耐えきれず、窓を閉め切った教室に避難するか、あるいは早々にキャンパスをあとにして異臭の圏外へ逃れようとした。

しかし、彼女はそんな臭いをまったく気にするふうではなかった。いつも鼻をズズっと啜っていたから、嗅覚《きゅうかく》がどうにかなっていたんだと思う。

誰《だれ》もいなくなった学生食堂で、異臭の中ひとり食事をしている彼女を見たことがある。彼女はとても自然で、自分のまわりに人間がいないことも、自分のまわりが異臭に満ちていることも、さして気にする様子もなく優雅に昼食を楽しんでいた。

ある意味、臭いに無感覚であるということは、ぼくにとっては有り難いことでもあった。

ぼくはずっと長いこと自分が放つ臭いを気にして暮らしてきた。それはぼくが使う軟膏《なんこう》の臭いなのだが、イスラエルで作られたその薬品は何とも言えない異臭を放った。その独創的な臭いはいわばぼくの第二の属性であり、ぼくの行動を制約する揮発性物質でできた拘束衣でもあった。

ぼくはずっと幼い頃から皮膚病に苦しんできた。父親もまったく同じ症状に悩んでいたからおそらくこれは遺伝性の疾病なのだと思う。

皮膚の柔らかい部分、腹だとか内腿《うちもも》だとか、あるいはもっと敏感な部分だとかに現れる小さな円形の湿疹《しっしん》は、猛烈な痒《かゆ》みを伴いぼくを苦しめた。様々な薬品を試してみたけど、効果はどれも似たり寄ったりだった。痒みは、執拗《しつよう》で猜疑心《さいぎしん》の強い愛人のように、つねにぼくにまとわりついて離れなかった。

しかし、ふとしたことで手に入れたこのイスラエル製の軟膏は、そんなたちの悪い愛人を、気まぐれな女友達ぐらいには変えることが可能だった。

それ以来ずっとこの薬を使い続けているが、それが果たして正しい選択だったのかどうかはいまだに疑問だ。世の中には完全な解決策などという都合のいいものはそうそう無いのかもしれない。

そんなわけだから、彼女が臭いに無頓着《むとんちゃく》であるという事実は、ぼくら二人を近付ける大きな要因になった。近付くと言っても、まったく非性的な関係で、ベッドインにいたる長い前戯のような熱っぽい交流とはそうとうに距離があった。

このころのぼくはまだ、女性経験が無く（ぼくが言う女性経験とは、手を繋《つな》いで歩くというような初歩的なことも含まれている）、同年代の女性は、はるかに大人で、はるかに性的に成熟していて、はるかに遠い存在だった。

ぼくは教養課程で同じクラスになった富山《とやま》みゆきに恋していた。正統的な美人で、だいたいクラスの男子が20人いたら、そのうちの6人ぐらいが恋してしまうようないい子だった。自分が美人だということを知っていて、それでも自意識にとらわれず自然体でいられるようなそんな女性でもあった。

同性からも異性からも好かれ、老人からも子供からも、さらには犬からも好かれていた。パーフェクトだ。

彼女を嫌いだという人間は、おそらく自分以外の人間は一人残らず嫌いだというような奴《やつ》なんだろう。あるいは自分さえも反吐《へど》が出るほど嫌いだというような。

ぼくは一目見て好きになり、そしたら二度と直視できなくなった。恋とはそんなものだ。

恋に関してぼくは百戦錬磨のベテランだった。もちろん片恋という注釈はつくけど。

様々な片思いを経験していくうちに、ぼくはこれもまたひとつの完成された人間関係なんだと思うようになっていた。成就する恋だけが意味を持つわけではない。片思いだって、それだけで完結した立派な人生の挿話《そうわ》だ。どうせ叶《かな》うことがないなら、この思いを大切に温めていこう。そんなふうに思っていた。

だから彼女と（ここで言う彼女とは富山みゆきではなく里中静流《さとなかしずる》のことだ。いつも鼻を啜っている小さな嘘つき娘の名前は静流といった）急速に近付いていった時も、そこに特別な感情が入り込む余地はどこにも無かった。あるいはどこかにはあったのかもしれないけれど、この頃のぼくはまだそれに気付いてなかった。

静流との出会いを語ったのだから、みゆきとの出会いも語るべきだろう。

＊

ほとんど俯《うつむ》いて暮らしていたぼくが初めて彼女を直視したのは、それもまた学生食堂でのことだった。入学式からひと月ほどが過ぎて、履修登録もほぼ決まり、新入生たちもようやく新しい世界での居場所を見つけ出した頃。

ぼくは自分が放っている臭い（あえて説明するならば、それは百貨店のコスメティックコーナーの匂《にお》いに、ベーカリーから立ちのぼるイースト菌の匂いを混ぜ合わせたようなものだった。単独なら芳香でも、組み合わせによってはひどい悪臭となる）を気にして、つねにまわりの人間から距離をとるようにして過ごしていた。学生食堂でも、できるだけ人が寄りつかない隅のテーブルに座るようにしていた。

その日、ひとりでBランチを食べていると声を掛けられた。

「瀬川《せがわ》君？」

顔を上げるとみゆきがいた。入学以来、初めて目と目が合い、彼女の瞳の美しさに気付いたぼくは大急ぎで恋に落ちた。おそらく12回目の片思いが始まるのだろうという予感が胸をよぎった。ぼくは視線を逸《そ》らし、彼女の肩のあたりの曖昧《あいまい》な空間に視線をさまよわせた。それ以来、ずっとその辺りを見ることにしている。

「ねえ、ひとりで食べてないで、あっちのテーブルに来ない？」

見遣《みや》ると、そこには教養課程で同じクラスになった4、5人の男女がいた。

「せっかく同じクラスになったんだからさ、友達になりましょうよ」

そう言って彼女は柔らかな仕草で長い髪をかき上げた。

「ありがとう」

ぼくは言った。好きでひとりでいたわけではないので、すごく嬉《うれ》しかったし、もっと彼女のことを知りたいという気持ちもあった。だから、ぼくはトレイを持って、彼女のグループがいるテーブルに移動した。

テーブルの一番下手に腰掛け、さらに少し椅子《いす》を引いて彼らから距離を保った。

彼らは「やあ」とか「よろしく」とか気軽にぼくに声を掛け、すぐに仲間内の会話に戻っていった。ぼくはBランチの残りを口に運びながら、彼らの会話に聞き耳を立てた。

やがて間もなくこの小さなグループにおける相関図というものがうっすらと見えてきた。ぼくはぼんやりと彼らを眺めながらその頭の上に青や赤の矢印を加えていった。

白浜《しらはま》という傲慢《ごうまん》な感じの男がいて（それがスタイルなのかと思ったら、実は骨の髄まで傲慢な人間なのだということにいずれぼくは気付く）、彼がこのグループの中心にいた。彼はあきらかにみゆきに好意を抱いていた。あまりにあからさまな態度なので逆に信じられないぐらいだった。恋とはもっと秘めやかな営みではないのか？

ぼくは白浜の頭の上からみゆきの頭の上に向かって青い矢印を引いた。（もちろん、ぼくの頭の上からもみゆきに向かって青い矢印が走っていた）

さらに関口《せきぐち》という細身の男がいて、彼の頭の上にもみゆきに向かう矢印を描き加えた。白浜とは対照的に、関口の好意はさりげなく慎重に隠されていた。ぼくのような片思いのベテランでなければ気付かないような、小さなサインが控えめに点灯していた。あまりにも遠回しで、まるで暗号のようになった言葉で彼は自分の思いを告白していた。おそらく１００年かかってもみゆきはそれを解読できないだろう。

彼はつねに諧謔《かいぎゃく》的で、自分がこの世界に生まれ落ちたこと自体が、滑稽《こっけい》でしかたがないというような態度をとり続けていた。ある意味、人間の正しい在りようのひとつだと、ぼくは感じた。

また、この関口の女版とも言えるような早樹《さき》という女性がいて、彼女もひっそりとしめやかに関口に好意を寄せていた。彼女の頭の上からぼくは関口に向かって赤い矢印を引いた。関口はその繊細さで気付いていただろうけど、繊細な気配りで気付かぬふりをしているようにも見えた。

もう一人の女性は由香《ゆか》という名前だったが、彼女とみゆきだけが、まったくのニュートラルで、誰に向かっても矢印は出ていなかった。由香は10代にしてすでに老成し、ラップを忘れて冷蔵庫に仕舞われた青菜みたいに水気を失っていた。恋をする前から彼女は恋に絶望している女だった。

そうやって相関図を描いていって見ると、やはりみゆきの人気は圧倒的だった。このときのぼくはそんな彼女を少し気の毒に思ったりもした。何となく分かる。彼女みたいな女の子は、一方的に思いを寄せてくる人間にだってちゃんと気遣いをしてしまうのだ。自分が相手を好きでないことに責任を感じて、申し訳なく思う。だとしたら、好かれるということも、端《はた》で見るほど楽しくは無いのかもしれない。

この日以降も、ぼくは何となく彼らと一緒にいることが多くなった。距離に気をつけ、風下の位置に立つことを心掛け、薬の量をできるだけ減らすようにして、みゆきのそばにいようとした。

運のいい日には、彼女と二人きりになることもあった。

階段教室の中程に並んで座る。ぼくひとりなら、窓際の一番奥が定位置なのだが、そこは彼女には似つかわしくないから。

「白浜くんは?」と彼女が訊《き》いた。

「さあ」とぼくは答えた。ぽりぽりと脇腹を掻《か》きながら。

「アルバイトかもしれない」

「そう」と彼女は言って、それから「痒いの?」と訊《たず》ねた。

「少し」とぼくは答えたけど、少しも少しではなかった。薬を最小限に抑えていたので、痒みは最大限になっていた。

「早樹も由香も自主休講。ずるいよね。ほら」

彼女は二人の名前が書かれた出席カードをぼくに見せた。ぼくは頷き、白浜と関口の名前が書かれた出席カードをその隣に並べた。

彼女がくっくと声を潜めて笑った。

「損な役回りよね」

もちろん、そんなことはなかった。彼女と二人で並んで授業が受けられるのなら、卒業の日までずっと代返をしてやってもいいくらいだった。

彼女はこっそりと膝《ひざ》の上に女性雑誌を置いていた。

そっと覗《のぞ》いてみると、「ブライダル特集」と表紙にあった。

ぼくの視線に気付き、彼女が首をすくめた。

「いつかね。私だってお嫁さんになる日が来るんだと思うし」

「きっと、きれいなお嫁さんになると思うよ」

ぼくが言うと、彼女はふっと息を止め、それからこうべをめぐらせて、こちらを見た。

横顔に注がれた視線がむず痒いような感覚を呼び起こした。ぼくは首筋をぽりぽりと掻いた。

「ありがとう」

ずいぶん時間が経《た》ってから彼女が言った。

「瀬川くんは」と彼女は続けた。

「どんな女の人と結婚するのかしらね?」

「きっと――」きみみたいなひとと、という言葉が意識の端に上っただけで胸が痛くなった。口にしたら死んでしまうかもしれない。

「――ぼくは結婚なんかしないよ」

ようやくの思いで、それだけ言った。

「それはもったいないわ」

すかさず彼女が言った。

「いや、ぼくはそんなに――」

「あなたじゃなくて」と彼女はぼくの言葉を遮った。

「あなたと結ばれるはずの誰かのことよ」

ぼくは顔を上げ、彼女の右耳の辺りを見た。きれいな耳たぶだった。薄桃色で金色の産毛が光っている。

「あなたは、一人分の幸福をその手に持っているのよ」

彼女はぼくの視線を捕らえようと、じっとこちらを見つめていた。ぼくは、それでも彼女の右の耳たぶを見続けていた。

「その幸福を待ち受けている女の子がこの世界のどこかにいるはずだわ。そのことも考えてみて」

ぼくが幸福にしたいと願っているのは、そのみゆき本人だったが、彼女はぼくが与えられるよりもはるかに大きな幸福を手にすべき女性のように思えた。

ぼくが持っている一人分の幸福――だったら誰のために？

*

というわけで、再び話を静流に戻そうと思う。

ぼくの手にあるという一人分の幸福の話に。

*

ある特定の季節の特定の時間帯。

ぼくは、悪臭に満ちたキャンパス内を足早に歩いていた。人影はない。一般的な嗅覚の持ち主はとっくに避難済みだ。ぼくは、自分自身が発する臭いに慣らされて、少々の悪臭ではめげることのない耐性を身につけていた。

そして、前を行く静流に気付いた。

彼女はいつものように、とくに臭いを気にするふうでもなく、ゆっくりとした歩調でキャンパスを貫くメインストリートを歩いていた。クリームイエローのスモックに身を包み、麻のトートバッグを手にぶら下げていた。

彼女の不器用な印象はこのときも変わっていなかった。ただ歩いているだけなのに、その動きにはどこか覚束《おぼつか》ないところがあって、まだ自分の身体《からだ》の試用期間を終えていないというような初心者的なぎこちなさがあった。みゆきや早樹といったぼくのまわりにいる女の子たちと比べると、まるで別亜種のような存在にさえ思えた。

それでも彼女は楽しげで、誰もいない世界でひとり陽気にはしゃいでいた。花や鳥に話しかけ、奇妙なステップで踊る姿は、一種独特な魅力を放射していた。そうとうにユニークで徹底的にオリジナルな魅力だった。

ぼくはバッグからカメラを取り出し、彼女の姿をフィルムに収めた。ファインダーの向こうで、彼女は風変わりなステップを踏み、無人の野辺《のべ》をゆく旅人のように自由に振る舞っていた。

そのあとぼくは昼食をとるためにメインストリートを離れ学食棟に向かった。

案の定、学食に人の気配は無かった。徹底した職業意識に支えられた女性たちだけがカウンターの向こうで、次のオーダーを待ち受けていた。ぼくはいつものようにBランチを注文した。誰もいない学食で、ぼくはそこにはいない誰かを気遣って、いつもと同じ隅の席に腰を下ろした。

たしかに臭いは気になったけど、その感覚を遮断するすべをぼくは習得していた。ぼくは目の前のランチだけに意識を集中してスプーンを動かし続けた。匂いを欠いた食物は珪土《けいど》を練り上げてつくられているみたいに味気なかった。

やがて食事も終わりかけた頃、ぼくのすぐ隣でズズっと鼻を啜《すす》る音が聞こえた。

皿から顔を上げると、そこに静流がいた。

「ねえ、隣空《あ》いてる?」

ぼくは、まわりを見回してみた。300人ほど入れる棟内に、ぼくら二人のほかには誰もいなかった。

「みたいだね」

ぼくが言うと、彼女は鷹揚《おうよう》にうなずき、隣に腰を下ろした。

麻のトートバッグから白い紙袋を取り出し、彼女はテーブルの上に置いた。中に入っていたのはドーナツビスケットだった。手にとって口に運びぽりぽりと齧《かじ》る。なんだか小鳥がヒエとかキビとか食べている姿に似ていた。

「それが昼食?」

ぼくが訊くと、彼女はこちらも見ずにうんうんとうなずいた。

「そうよ。これが私の主食なの。あんまりたくさん食べられないのよ」

「そう」

ぼくは再び自分の食事に取り掛かった。

「ねえ」と彼女が言った。

「何?」

視線を向けると、レンズの奥にある大きな瞳がこっちを見ていた。

「あなた、さっき私のこと写真に撮っていたでしょ?」

「うん、撮ったよ。嫌だったかな?」

「そんなことはないけど」

彼女はそう言って、ぼくに顔を近づけた。鼻の頭が赤かった。

「でも、どうしてなのかが気になるの。なぜ私を撮ったの?」

「魅力的だったから」とぼくは答えた。

「なんか、あの踊り格好良かったよ。誰にも似ていない。きみだけのオリジナルだ」

「格好良い?」

彼女は少し驚いたような表情になった。

「うん。格好良かった。だから写真に撮らせてもらったんだ」

聞き慣れない言葉に戸惑うような表情をしていたが、やがて気恥ずかしそうに小さな笑みを浮かべた。

「そんなこと言われたの初めて。あなたもそうとうにオリジナルなひとね」

「そうかな?」

「多分ね」

それから彼女は意味もなくまわりを見回した。修辞的行為だ。

「いつも一緒にいる人たちは?」

「さあ。いつの間にかいなくなっていた」

「あの綺麗《きれい》な女の人も?」

ということは、彼女もぼくのことを観察していたということだ。

「みゆきはアルバイトじゃないかな」

みゆき、と彼女はぼくの口調を真似《まね》した。

「親しいのね」

「いや、別に。ただ、一緒にいることが多いだけだよ」

別に、とまた彼女が繰り返した。反響言語の癖があるのかとぼくは訝《いぶか》った。

「別に特別な感情はない、と」

そう言って、彼女はくすくす笑った。

「ほんとかしら?」

ぼくは肩をすくめ、彼女の言葉を受け流した。

「きみは?」と今度はぼくが訊《たず》ねた。

「いつもの友達。縦に長い子と横に広い子は?」

「佳織《かおり》と水紀《みずき》よ」

「うん。その二人とは一緒じゃないんだ」

「いつも一緒というわけじゃないわ。一緒にいて楽しい時は一緒にいるけど、そうでない時は一緒にいないほうがいいの」

「確かにそうだね」

それからまた彼女はドーナツビスケットをぽりぽりと齧り始めた。

「よくそんなもので生きていけるね」

ぼくが言うと、彼女はビスケットを口にくわえたままこっちを見た。口角を吊《つ》り上げ、子供みたいに笑う。

「見て分かると思うけど」と彼女は言った。

「私小さいでしょ? 小学生の頃からあんまり成長してないのよ。歯も生え替わっていないし、まだお尻《しり》に蒙古斑《もうこはん》も残ってるし。だから、あんまり食べる必要もないの」

ふうん、とうなずき、それからぼくは訊いた。

「蒙古斑て、自分で見たの?」

「そうよ、鏡で。まだうっすらとだけど残ってるの。なんかヒヨコが卵の殻をお尻にくっつけてるみたいで様にならないわ」

「大変なんだね」

「大変よ。だってもし、ほら、男の人と――――」

言い淀《よど》んでいるので、先を聞かずにうなずいてあげた。

「わかるよ。恥ずかしいよね、そういうのって」

「そうなの」

ぼくはランチを全て食べ終わってしまったが、彼女の昼食はまだ終わる様子もなかった。だから、もう少しつきあうことにした。

「ときどき見かけたよ。授業の時に教室で」

「私も気付いていたわ。ああ、あの横断歩道の人がいるなって」

「横断歩道……」

「あれからも何度か試してみたのよ」

彼女は薄い唇についたドーナツビスケットのかすを指で払った。

「でも、一度も渡れたことはなかった。卒業までには渡ってみたいものよね」

「渡れるよ」

ぼくの言葉に、彼女は警戒するような視線をよこした。虚言癖のある人間を見るような目だ。あとで気付くが、虚言癖があるのは彼女のほうだった。

「ほんとだよ。嘘《うそ》じゃないさ」

彼女は意味もなくまわりを見回した。またもや修辞的行為だ。

「だって」と彼女は言った。

「あの横断歩道よ？　博物館行きが決まっている」

「そう、あの横断歩道だよ。ちっとも甘くないザッハトルテみたいな横断歩道」

彼女はまたしばらく遠視眼鏡の奥からぼくを観察していた。こうやって死神は人の姿を借りて死に誘うんじゃないだろうか？　みたいな表情で。そして翌日の新聞には、車が行き交う国道にいきなり飛び込んだ女子大生の記事がきっと載るんだわ、と想像しているような表情で。

彼女のパラノイア的な妄想をうち消すように、ぼくはにっこりと笑った。天使みたいな笑み。そしたら彼女がもっと怯《おび》えた表情になった。

なるほど。天使だって同業者みたいなものか。

ぼくはトレイを持って立ち上がった。カウンターに向かって歩き出す。

「ねえ」と彼女がぼくの背中に声を掛けた。

「分かったわ。あなたを信じる」

ぼくは振り向き、うなずいた。

「じゃあ、信頼の証《あかし》に、まずは名前を名乗ろう」

静流よ、と彼女は言った。

「あなたは?」

「誠人《まこと》だよ」

「私たちは友達?」

友達ならば、きっと自分を天国にむりやり連れて行くことはないだろう、みたいな口調だった。

「そうだね。一緒にいて楽しい時は一緒にいるけど、そうでない時は一緒にいないほうがいいぐらいの友達かな」

「充分だわ」

そう言って彼女はぎこちない笑みを浮かべた。

*

「確かにあなたの言うとおりね」

ぼくらは横断歩道の上で、互いに向かい合っていた。

「簡単なことだよ」

国道には1台の車もなかった。

時刻はまだ午前5時にも届いていない。日の出は30分以上先になるはずだった。

街灯の人工的な光の中で、彼女がステップを踏む。ユニークでオリジナルな彼女だけのステップ。

ぼくはそれをカメラに収めた。

「この先に何があったの?」

ぼくが訊くと、彼女は「天国よ」と答えた。メタファーとしての天国。

「ついてきて」


そこはかなり大きな自然公園だった。

まだ日が昇らないこの時刻、森は黒くて巨大な塊にしか見えなかった。それが夜明けとともに全てが飛び去っていく鴉《からす》の群れだったとしても、ぼくには見分けが付かなかっただろう。

彼女とぼくは森の入り口にある小さな広場のブランコに座った。

「森の中には池もあって、魚が棲《す》んでいるの」

彼女が声を潜めるようにして言った。

「きれいな場所よ。天国みたいに」

「知らなかった。学校のすぐ近くにこんなところがあるなんて」

「あまり知られてないの。いつ来てもひとけがないのよ」

そして彼女はくすりと笑った。

「人でごった返してたら、天国ってイメージじゃないものね」

「たしかに」

やがて東の空が白み始めた。森には陰影が与えられ、ついで色彩が、そして細部が与えられていった。

ぼくは息づき始めた深い緑を背景に、ブランコを揺らす静流をカメラに収めた。ふと、その姿がすでに失われた者の影のように見えて、ぼくはファインダーから目を離し、彼女をじっと見つめた。彼女はぼくの振る舞いに、どうしたの？　というような表情を見せ、例のぎこちない笑顔を浮かべた。それが繊細で脆弱《ぜいじゃく》な印象がつくりだした幻影なのだと気付き、何でもない、というふうに肩をすくめ、ぼくはまたファインダーに右目を戻した。

日が昇りきると、ぼくらは森の中に入った。

小径《こみち》の隣には小さな流れがあり、それはずっと寄り添うように森の奥へと続いていた。

「この小川が池に流れ込んでいるの。とても澄んだ水よ」

「きみの名前みたいだね」

「私の？」

「静かな流れだ。ひかえめで、自己主張が少ない」

ああ、と彼女はうなずいた。

「でも、私はひかえめな人間じゃないわよ。言いたいことはどんどん言うし、きちんと怒りを持つことも出来るし」

「そう？」

「そうよ」

池は、周囲50ｍほどの小さなものだった。ぼくらはカタバミやハコベが敷き詰められた水辺に腰を下ろした。身を乗り出して水の中を眺めてみると、そこには群れをなして泳ぎ回る小魚たちがいた。

「たしかに」とぼくは言った。

「ここは天国みたいなところだね」

彼女は無言でうなずき、それからズズっと鼻を啜った。スモックのポケットからティッシュを取り出し、クッシュっと鼻をかんだ。

「ねえ、お願いがあるんだけど」

「なに？」

あれ、と言って彼女は1本の木を指さした。おそらくナナカマドの木なのだろうけど、その幹の地上3ｍほどの高さに鳥の巣箱が針金で括《くく》り付けられてあった。

「あそこに鳥が来るのよ」

「何鳥？」

「さあ、わからない。小さな鳥よ。可愛《かわい》いの」

「雛《ひな》がいるのかな？」

「いないと思う。中に入るの見たことないもん。ただ、いつも飛んできて足場で羽を休めてるの」

彼女は言った。

「それからまたどこかへ飛んでいってしまうわ」

それで？　とぼくは訊いた。

「お願いって？」

「餌《えさ》をあげてみたいの」

彼女はスモックのもう一方のポケットから例のドーナッツビスケットを取り出した。

「これ」

「きみの主食だ」

「そうよ」

「鳥は食べるかな？」

「食べるわよ。だってこんなに美味《おい》しいんだもん」

目を見ると本気でそう言っているのがわかったので、何も言い返さなかった。

「私じゃ背が届かないのよ」

成人男子の平均身長より５cmほど上背のあるぼくでも届きそうにもなかった。

だから、と彼女は言った。「肩車して」

さりげなく彼女が言ったので、ぼくもさりげなくうなずいた。しかし、内心少し戸惑っていた。こうやって急速に自分のエリア内に入り込んでくる異性というものに慣れていなかった。１mの距離が50cmになり、そしてそれが今度は0になろうとしている。

異性でも同性でも、ぼくはひととそんなに距離を詰めてつきあったことがなかった。ぼくの第二の属性が自分の中にルールを作り上げてしまっていたから。

『ひととは距離をとれ』

ほかにも『つねに風下に立て』なんていう猟師の決まり事みたいなのもあった。

静流が臭いに無感覚であるという事実が、ぼくをかつてないほど自由に振る舞わせていた。けれど、接触となるとまた話は別だ。

「いいけど」とぼくは言った。

「そんなスカートみたいなひらひらした裾《すそ》で大丈夫かな?」

「大丈夫よ」

彼女はスモックの裾をたくし込んで自分の両方の腿《もも》のあいだに挟んだ。

「ほら」

小さな膝《ひざ》と、青白い内腿が露わになったが、彼女は別に気にしている様子もなかった。

ナナカマドの木に両手をかけ、ぼくを待っている彼女を見て心を決めた。

いいだろう。どんなルールにだって例外はある。彼女の存在自体が例外なのだから、ぼくの行動にも例外が認められるはずだ。それに、普通の人間みたいに振る舞うことは心地が良かった。ならば流れに身を任せよう。

「OK」

ぼくは言って、腰を屈《かが》めて彼女の両脚の間に頭を入れた。「いくよ」

そのまま身体を起こしていくと、肩に彼女の重みを感じた。勢いを落とすことなく立ち上がる。

彼女は予想していたよりも遥《はる》かに軽かった。おそろしく軽かった。スモックの中身がすべてドーナッビスケットだったとしてももう少し重かったんじゃないだろうか。

それなのに彼女は「重くない？」とぼくに訊いた。

「全然。体重何キロなの？」

「知らない。もう何年も量ってないから」

この年頃の女の子が自分の体重に無頓着《むとんちゃく》でいられるというのは、それだけで大きな特権なんじゃないだろうか。聞く人間によっては、それはひどく傲慢《ごうまん》な言葉のように感じられたかもしれない。

彼女はバランスを崩さないように、その細い脚で俯《うつむ》いているぼくの頬《ほお》を強く挟み込んだ。スモックの生地を通して彼女の体温が伝わる。彼女の身体と触れている部分全てが温かかった。触れ合いとは温かいものなのだということを、ぼくはこのときあらためて認識した。

「どう？ 届く？」

「うん。届く」

頭の上で彼女がドーナッツビスケットを砕いている音が聞こえた。ぼくは両手で彼女のコットン製の黒い靴下を握りしめながら作業が終わるのを待った。キャンバス地の靴に包まれた足はやはり小さかった。臑《すね》はモップの柄のように細くてまっすぐだった。

「終わったわ」

ぼくはその声を合図に彼女を地上に降ろした。

「重かったでしょう？」

「いや、全然大丈夫だよ。きみを肩車したまま街を何周でも走り回れそうだよ」

彼女は意味の汲《く》み取りにくい独特な表情を見せ、それから背伸びをしてぼくの髪に手を伸ばした。すぐ間近に彼女の顔があった。チョコレート色したメタルフレームの眼鏡。広く迫《せ》り出した額。ティッシュの使いすぎで赤くなった鼻の頭。愛嬌《あいきょう》のある顔だとは言えたけど、美人と呼ぶにはそうとう屈折した神経が必要だった。それでもぼくは彼女の顔を好ましく感じた。友人として。

彼女はぼくの髪を手で梳《す》いた。ぱらぱらとドーナッビスケットの欠片《かけら》が落ちていった。「ごめんね。頭にいっぱいかかっちゃった」

「平気だよ」

それよりも彼女の顔がぼくの顎《あご》の下にあることが気になっていた。首筋にもイスラエル製の軟膏《なんこう》がたっぷりと塗りつけられていたから。

ぼくはさりげなく身を離した。その仕草に彼女が少し傷ついたような顔をした。小さな変化だったけれども、傷つくことに慣れていたぼくは見逃さなかった。ぼくではなく自分に理由があるのだと思った彼女は、自らも身を遠ざけ、そして顔から表情を消した。

何かを言おうと思ったけど、こんなとき何も言わないこともぼくのルールの中に入っていた。だから何も言わずに黙ったままでいた。

ぼくらは池の向こう側にまわった。

アザミの草むらに身を隠すようにして座った。何か二人の間にあったものが失われたような気がして、それを取り戻したくて彼女の手を握った。小さくて冷たい手だった。

彼女がひどく不思議そうな目で繋《つな》がれたぼくらの手を見ていた。

「どうして手を繋いだの?」

彼女が訊いた。

何かを間違えたことには気付いたが、何を間違えたのかぼくには分からなかった。

「友達、だから?」

逆にぼくが訊《たず》ね返し、彼女が困ったような顔になった。

「子供じゃないんだから……」

子供みたいな顔をした彼女がそう呟《つぶや》いた。子供の頃を最後に人との繋がりを断ち切ったぼくは、こんなとき大人がどういうふうに振る舞うか知らなかった。

勢いで繋いだ手を、今度はどのように離せばいいのか分からなかった。だからぼくは、これは気にするほどのことではないんだ、という態度で気にしないことにした。そして彼女もそんなぼくの態度にならって気にしないことにしたみたいだった。

ぼくらは手を繋いだまま、じっと待ち続けた。

ときおり彼女の指がぴくりと動いた。そのたびに彼女はばつの悪そうな顔をした。ぼくの指にもときおり力が入ってしまいぴくりと動いた。ぼくもそのたび、ばつの悪い顔になって俯いた。

気にしないでいるということを気にしないでいることは至難の業だった。いまや意識は繋がれた手だけに向いていた。また指に力が入ってしまいそうになり、ぼくは困っていた。だが、彼女のほうがぼくより先に繋いだ手に力を込めた。

「来たわ」

彼女が言った。

「見えないよ」

「隣の木にいるわ」

ぼくはようやく繋いでいた手を離した。両手でカメラを構え直す。

「どっちの木？」

「右よ」

１００ミリのレンズを装着していたが、それを通して見ても、まだぼくには分からなかった。

「よく見えるね？　ぼくには見えないよ」

「眼鏡のおかげよ。目が良いわけじゃないの」

「そうなの？」

「そうなの」

やがてぼくも鳥の姿を捕らえることに成功した。スズメよりも少し大きくて、頭や背中は黒っぽい色をしていて腹部は柔らかそうな白い毛に包まれていた。

「見えた。なかなかおしゃれな鳥だね」続けざまに何枚かシャッターを切る。

「あ、巣箱に乗ったわ」

鳥は巣箱の足場に移動すると、そこから落ち着かない視線を四方に巡らせていた。何度か自分の足下にも目を遣《や》るが、特に興味を感じているようには見えなかった。

「やっぱり小鳥はドーナツビスケットなんて食べないよ」

「そんなことないわ。きっと食べるはずよ。もう少し待って」

彼女は真剣な表情でじっと巣箱に視線を注いでいた。頬が紅潮して耳たぶまで赤くなっていた。横からだと眼鏡を通さずに彼女の目を直接見ることが出来た。べつにびっくりするほど大きな目というわけでもなかった。普通より少し大きいぐらい。綺麗《きれい》な目だった。

「食べた！」

押し殺した声で、彼女が素早く言った。ぼくは慌ててファインダーを覗《のぞ》き込み、小鳥の姿を捕らえ、シャッターを押した。

「ね？」と彼女が言った。

「食べたでしょ」

「たしかに」とぼくは言った。

「それはドーナツビスケットが美味しいから？」

「そうよ。ドーナツビスケットは世界で一番美味しい食べ物なの」

彼女はスモックのポケットからドーナツビスケットを取り出し、2つに割ってぼくの口の中に入れた。ゆっくりと咀嚼《そしやく》して味わい、全てを飲み込んでからぼくはまた言った。

「たしかに」

＊

そうやってぼくらは近付き、触れ合い、仲の良い友達になった。

この日以降、メインストリートのベンチや、図書館の学習室や、グラウンドの芝生の上に、地味でぱっとしないひと組の男女の姿がしばしば見受けられるようになった。もっとも、男女比がほぼ等しいこの大学にはあらゆるタイプのカップルがいて、それは恋人同士であったり、友人同士であったり、その中間やその前後であったりと、とにかくいろいろだったから、この二人はそういった背景の中に完全に埋没していた。

それでもさすがに、みゆきや白浜は目ざとかった。

「最近ずいぶん風変わりな女の子と連れ立っているよな」

学食のいつものテーブルで白浜が言った。

「私も見かけたわ。小さくて可愛い子」

みゆきの言葉に白浜が器用に白目を剝《む》いて見せた。あそこまで完璧《かんぺき》な白目ってなかなかできるもんじゃない。

「彼女なの？」

「彼女？」

映画雑誌を眺めていた関口が突然興味を抱いて話に加わった。

「誠人坊やに恋人出現かよ？　相手は誰だ。マザー・テレサか？」

彼の科白《せりふ》はいつだって何処《どこ》かからの借り物みたいだった。

「ええ？　どんな女にしたって、よほどの博愛家だよな」

「その冗談つまんないよ」

ぼくは言った。

「それに恋人なんかじゃない。友達だ」

「そうだ。友達だ。友達最高。都合のいい言葉だ。友達っていうのは数が多いほど誇れるんだ。ところが恋人は数が多くなるほど人格を疑われる」

「関口くんは黙っていなさいよ」

そう言って早樹がたしなめた。

「どこで知り合ったの？　彼女、フランス語学科よね」

「どこでって、ここだよ。学食でランチ食べてたら隣に座ったんだ」

「誠人も隅に置けないよなあ。そのワンチャンスで口説き落としたのか？」

白浜の言葉はなんとなく、ぼくではなくみゆきに向けられているようにも感じられた。

「だから友達だって」

ぼくの答えもまたみゆきに向けられたものだった。ここではっきりさせておかないと、ぼくの頭の上に見当違いな方向を向いた矢印が描かれてしまう。

「一緒に写真の話をしたりしてるだけだよ」

「恋人同士っていうのは、四六時中『愛してる』って言い合ってると思うか?」

またも関口が割り込んできた。

「普通はそんなことは滅多に言わない。天気の話をしたり、テレビの話をしたり、それに共通の趣味の話をして過ごすもんだぜ」

「だから?」

「いや、別に」

そしてまた関口は映画雑誌に舞い戻った。

「なんか、ちょっと不思議な感じがするひとよね」

みゆきが言った。

「存在感があるわ」

「一言で言えば変人だ」

白浜が言った。

「それは言い過ぎよ」

「俺《おれ》は褒《ほ》めてるんだよ。この没個性の時代に変人呼ばわりされることは勲章だよ」

「だいたい今は変人て呼ばれると喜ぶ奴《やつ》のほうが多いんだぜ」

懲《こ》りずに関口がまたもしゃしゃり出た。

「怒り出すのはほんとの変人だけさ」

「あなたは変人じゃなく無神経なバカ男ね」

早樹の言葉に関口が悲しそうな顔をした。ほんのちらっとだけ。多分、バカ男と言われたよりも無神経と言われたことのほうが悲しかったのだろう。本当に無神経な男は、そんなふうに言われても悲しそうな顔はしない。

「上等だね」

彼はすぐに、いつものおどけた表情に戻った。

「その無神経なバカ男が今のこの国を動かしているんだぜ。誠人みたいなおめでたいお人好《ひとよ》しばっかりだったら、いまだに石器時代から抜け出せやしないって」

「そのほうが良かったのと違うの?」

早樹に訊かれ、関口は一瞬戸惑うような表情を見せた。それから、妙に悄《しお》れた感じで大人しくうなずいた。

「ああ、ほんとだ。早樹の言うとおりだな……」

そして今度こそ完全に映画雑誌のインタビュー記事の中に帰っていった。

「ねえ」と由香が言った。

「どうでもいいんだけど、その風変わりで変人だとかいう子、ここに来てるわよ」

一瞬みんなの呼吸が止まった。そっと振り返る。

確かにそこに静流がいた。いつもよりもさらにぎこちない笑みを顔に浮かべて。

「ええと」

みゆきが少し腰を浮かし気味にして静流に声を掛けた。

「こんにちは」

「こんにちは」と静流が返した。少し声が震えていた。

「一緒にどうかしら？　コーヒーでも飲む？」

みゆきが訊いた。しかし、静流はかぶりを振って、ぼくに本を差し出した。

「借りていた写真集を返しに来ただけだから」

「ああ、そうだったね……」

ぼくは彼女から本を受け取り、意味もなく裏表紙を確かめたりした。

「じゃあ」と言って、静流はそのまままきびすを返し立ち去っていった。ぼくらは身じろぎもせず、じっと彼女の後ろ姿を見守っていた。静流はそのまま一度も立ち止まることなく学食棟から出ていった。

ふう、と大げさに白浜が溜息《ためいき》をついた。

「まいったなあ。いつからいたんだよ」

「さあ知らない」

由香は興味なさそうに言って、占い雑誌に視線を戻した。

「当の本人を前に、俺、変人呼ばわりしちゃったよ」

さすがに白浜も気が咎《とが》めたのか、そんなことを口にした。

「褒め言葉じゃなかったの？」

早樹が訊くと、白浜は肩を竦《すく》めた。

「言われて喜ぶ奴のほうが多いって、のたまった人もいたわよね」

矛先《ほこさき》を自分に向けられた関口は、雑誌の間に頭を埋《うず》めた。

「悪かったよ」

雑誌の間から彼が言った。

「俺はただ誠人をからかって遊んでただけなんだ。彼女を傷つけるつもりなんかさらさら無かったんだよ」

「ええと」

「関口くんはいつでも口が過ぎるのよ」

「はいはい。おっしゃるとおりです」

二人の言葉に割り込むようにして言うと、みんなが一斉にぼくを見た。

「ちょっと用事を思い出したんだ」

「そうね」とみゆきが言った。

「大事な用事なんじゃないの？」

「えっ？　ああ、うん」

ぼくは本を抱えたまま立ち上がった。

「だから、もう行かなくちゃ」

全員が何度もうなずいていた。

「じゃあね」

そう言ってテーブルを後にした。全員がぼくの行き先を知っているようだったが、誰も何も言わなかった。基本的には気遣いのできる連中なのだ。

学食棟から出ると、辺りを見回して静流の姿を探した。そこにいれば、ぼくは一目で静流の姿を見つけることができるはずだった。けれど、彼女はどこにもいなかった。メインストリートを歩きながら、彼女のお気に入りの場所を探した。ポプラの木の下のベンチ。中央棟前の芝生の上。図書館にも行ってみた。しかし、そのいずれにも彼女はいなかった。

だとすると、行く場所はひとつしかない。

ぼくは車が途切れることのない国道を、押しボタン信号で渡り、自然公園に向かった。

季節は冬に向かおうとしていた。イタリック体で描かれたような端正な雲が空にたなびいていた。

ぼくは公園の中に入った。

いつものブランコに彼女はいた。

彼女は俯き、頬にかかる髪にその表情を隠していた。ぼくは隣のブランコに座った。

「ごめん」

ぼくは言った。

「うん」

抑揚のない平板な声だった。

「口の悪い連中ばかりでさ。いつもあんな調子なんだ」

「別に気にしてないわ」

「そう?」

彼女は俯いたままうなずいた。

「ああ、なら、良かった」

「本気でそう思う?」

「え?」

「だとしたら、あなたもそうとう無神経なバカ男よね」

え?

「何で?」

初めて彼女が顔を上げた。泣いてはいなかった。けれど、その準備はすでに整っているといった感じだった。

「私がつらかったのは、『変人』って言われたからじゃないわ」

そんなの慣れてるもん、と彼女は言った。

「私がつらかったのはあなたよ」

「ぼく?」

彼女はゆっくりと3度うなずいた。きゅっと口を閉じ、目を大きく広げて彼女は何かをこらえていた。

「あなただけは私の味方だと思ってたのに、私のことをきちんと分かってくれてると思ってたのに」

「でも――――」

「私たちは友達でしょ？　あなた何度もそう言ってたわよね」

「うん」

「だったら、あの子は変人なんかじゃない、ただ人よりも少しオリジナルなだけなんだって、そのぐらい言ってくれてもよかったじゃない」

彼女は鼻を啜《すす》り上げ、こくりと喉《のど》を鳴らした。

「ごめん」と言って、ぼくは彼女から目をそらし、地面に視線を落とした。

「きみの言うとおりだ。ぼくは黙ってちゃいけなかったんだ。友達なら――――」

もういいよ、と静流が言った。もういい。

顔を上げて横を見ると、彼女は眉根《まゆね》を寄せ、ひどく難しい表情で森の稜線《りょうせん》を見つめていた。ぼくの視線に気付き、頬の力を抜く。

「あなた、あの綺麗な女の人が好きなのね」

揶揄《やゆ》するでもなく、咎めるでもなく、ほとんど優しいとさえ言える声音だった。

「彼女に向かって一生懸命言い訳してるみたいだった」

「それは……」

「いいの」

彼女はポケットからティッシュを出して鼻をかんだ。それを折り畳み、またポケットに戻した。

「私には関係のないことだし」

「だって」

「いいのよ、ほんとに」

それきり静流は口を噤《つぐ》み、沈黙の壁の向こうに退いてしまった。

彼女は傷ついていた。傷つけたのはこのぼくだ。友達だと口で言っておきながら、彼女を孤立させた。これなら赤の他人のほうがまだましだった。少なくとも、何かを期待させたりはしない。

ぼくは彼女の友達でいたかった。赤の他人ではないということを示したかった。だから――

「これ」と言って、ぼくはジャケットのポケットから小さな紙袋を取り出した。

いまのぼくができることは、これぐらいしか無かった。

静流がゆっくりとこちらを向いた。ぼくは紙袋の口を広げ中を彼女に見せた。それが何なのか気付き、ぼくを見て何故《なぜ》かいやいやをするように首を振った。

「どうして？」

「どうしてって、静流が喜ぶと思ってさ。電車に乗って買いに行ったんだ」

「わざわざ？」

「わざわざってほどのことじゃないよ。誰かがさ、おいしいって言っているのを聞いたんだ。ちゃんと穴もあいてるよ」

彼女は紙袋に手を差し込み、1枚のドーナツビスケットを取り出した。

「子供じゃないんだから……」

彼女はそう呟《つぶや》いた。

「食べてみなよ。おいしいよ」

ぼくは言った。

「いつも静流が食べてるのとはまたちょっと違うんだ。香ばしくてさ」

彼女は空を仰ぎ、大きく息を吐いた。

「ねえ」と彼女は言った。

「私を泣かせたいの?」

彼女の目の縁がローズピンクに染まっていた。

「何で泣くの?」

彼女はちょっとのあいだ、考え込むように自分の鼻先を見つめていた。それから小さく首を振った。

「わからない。わからないけど、このビスケットを食べたら私はきっと泣くわ」

そしてドーナツビスケットに小さな前歯を掛け、もう一度ぼくを見た。心の準備をしててね、とその眼差《まなざ》しが告げていた。

「ものすごい泣き方するの?」

ぼくは訊いた。

森中の鳥が飛び去っていくような、そんな号泣なのだろうか? ぼくは少し不安になった。

しかし、彼女はあっさりとかぶりを振った。

「そうじゃない」

彼女は言った。

「あなたよ」

「ぼく?」

「あなたがきっとつらくなるの」

胸がつぶれそうなくらい、と彼女は言った。

「ほんとかな?」

「そうよ」

そして彼女はぼくの目をじっと見つめたまま、ドーナツビスケットを前歯で齧《かじ》った。視線を繋いだままぽりぽりと音をさせ、それからこくりと飲み込んだ。

「ほんとね」

彼女は言った。

「香ばしくて、おいしい」

まず、右の目から大粒の涙がひとつこぼれた。続いてふたつ。さらに左からも。

ぼくらの顔はすぐ近くにあった。彼女の小鼻に力が入り、赤く染まるのを見た。彼女がゆっくりと目を閉じ、それからまたゆっくりと開いた。睫毛《まつげ》にたくさんの雫《しずく》がついていた。

それを見たぼくの胸に、耐えきれないほどの痛みが走った。ぼくは顔をしかめ、胸に手を遣《や》り、その苦しみを無言で訴えた。

彼女はぽろぽろ涙を零《こぼ》しながら、ぼくに言った。

「だから言ったでしょ？」

ぼく自身が泣きそうな顔になりながら、うんうんと頷《うなず》いた。本当だった。誰かが泣いているのを見て泣いたことなど無かった。誰かの悲しみは、誰かの悲しみでしかなかったから。なのに、静流の悲しみはぼくを悲しくさせた。静流の涙が、どこか親密で優しい場所を抜けて、ぼくの心に流れ込んでいた。

いまや静流は、徹底的に、本格的に泣き始めていた。遠視眼鏡を外して、手の甲でごしごしと目をこすってはいたけれど、それでも涙は後から後から流れ出ていた。

身を折り、薄い肩を震わせて、彼女は泣いていた。赤く染まった鼻の頭から大粒の雫がぽたぽたと地面に落ちていた。

ぼくはそっと立ち上がり、それから彼女と向かい合うと草の上に膝をついた。彼女が顔を上げ、ぼくを見た。目のまわりも頬も、首までもが涙で濡れていた。唇にはまだドーナツビスケットの欠《か》片《け》が付いていた。

初めて真正面から静流の裸の目を見た。それはガラスの天蓋《てんがい》を失ったケージの中の小さな鳥のように、心許なげで、落ち着きを失っていた。

ぼくはぎこちない仕草で、静かに彼女の身体《からだ》を抱き寄せた。彼女はぼくよりももっとぎこちないやり方で、ぼくの身体に抱きついた。生まれて初めて女の子の身体を抱きしめた。イスラエル製の薬のことは忘れていた。彼女の身体は小さく、そして小刻みに震えていた。

腰が引けたまま抱き合うぼくらは、きっと滑稽《こっけい》な姿をしていたと思う。突然のスコールに怯《おび》える2匹のチンプのように、ぼくらは森の懐で互いの温《ぬく》もりをよすがに、じっとその悲しみを分かちあっていた。

「ごめん」と静流が言った。

「いいんだよ」とぼくは答えた。

「そう?」

「うん」

「でも、いっぱいついちゃったよ」

「何が」

「鼻水。誠人のシャツに」

「いいよ。大丈夫だよ。それぐらいなんでもないよ」

ありがとう、と静流は言って、それからまたぼくの鎖骨の辺りに顔を押しつけた。

彼女の涙は温かく、吐息は熱かった。女の子の髪がこんなにいい匂《にお》いがするなんて初めて知った。勢いで抱きしめてしまったけれど、どうやって離れたらいいのか分からなかった。だから、ぼくらはずっと不自然な姿勢のまま、不自然なほど長い時間ずっと抱き合ったままでいた。そもそも恋人同士でもないぼくらが、そんなふうに抱き合うこと自体が、不自然で、そしてある意味不誠実な行為だったのかもしれない。

＊

友情は友情として、この頃のぼくにとっては恋も決しておろそかに出来ない履修科目だった。ぼくが言う恋とはつねに片思いのことなのだけれど。

年が明け後期試験も終わったある日、関口が学食で群れているぼくらのもとにやってきて、映画のチケットを見せた。名画座でジョン・ヒューズの2本立て。『プリティ・イン・ピンク』と『恋しくて』。チケットは4枚あった。

はなから由香は興味が無さそうだったし（そもそも彼女が何かに興味を示しているところをぼくはほとんど見たことがない）、白浜は「恋愛映画は趣味じゃない」と言って早々に辞退した。関口は苦々しそうな顔で白浜を見ながら言った。

「恋愛が趣味じゃないって、生まれて恋して死ぬ以外に何をするって言うんだよ。あとのことはみんなそこにくっついてくるオプショナルツアーみたいなもんだろ?」

「恋愛が趣味じゃないとは言ってないさ。恋愛映画が趣味じゃないって言ったんだ」

「どう違うんだよ」

「するか見るかの違いさ。人の恋愛を見るのは趣味じゃない」

なるほど、と関口は言った。

「まあ、無理にとは言わないけどな」

「私は行きたい」

　みゆきが言った。

「『恋しくて』好きよ」

　だろ？　と関口が嬉《うれ》しそうな顔をした。

「俺なんかもうこのビデオ50回は観てるぜ。死ぬまでにはあと150回ぐらい観るだろうな」

「また、大袈裟《おおげさ》言ってるんだから」

　そう言った早樹に、関口が訊いた。

「早樹はどうするんだよ」

「行きたいけど。いつなの？」

「今日までなんだよ、期限が」

　それを聞いて、早樹が落胆の表情を見せた。

「駄目だわ、バイトが入ってる」

　ほんとに残念そうな顔だった。もちろん、早樹の目当てはジョン・ヒューズではなく関口の隣の席だったのだろう。

「誠人は？」と関口が訊いた。

　行きたかった。ぼくも同じく目当てはジョン・ヒューズではなく、みゆきの隣の席だった。けれど、ぼくにもやはりアルバイトがあった。

「何時からかな？　ポスティングのバイトがあるんだけど、急いで終わらすから」

しかし、最終の上映時間を聞くと、どうあっても間に合いそうにもなかった。それを言うと、関口が、手伝ってやってもいいぜ、と言ってくれた。

「何枚あるんだよ？」

「1000枚。今週末オープンする動物病院のチラシでさ、期日指定配布なんだよ」

「私も手伝ってあげる。3人でやれば早く終わるでしょ？」

予想もしないみゆきの申し出に、ぼくはもちろん、関口も嬉しそうだった。

「よし、じゃあ、最後の授業が終わったらここにまた集まろう」


チラシはすでに学校に持ち込んであった。

1000枚ともなるとそうとうな量なので、持ち歩くわけにもいかず、図書館のロッカーに仕舞ってあった。

ぼくらはそれを関口の通学用の自転車の前カゴに押し込み、勇んで現場へと向かった。とにかく時間との勝負だった。指定された配布地域はキャンパスから3キロほどの距離にあった。道中の時間も惜しかったから、関口が漕《こ》ぐ自転車の荷台にみゆきが座り、ぼくがその後ろから走って追いかけながら目的地へ向かうことにした。

ポスティングのアルバイトは結構長かったから脚力にはそこそこ自信があった。けれども、関口にはほとんど遠慮というものがなく、付いていくには相当の努力が必要だった。それでも、余裕の表情を崩すわけにはいかなかった。すぐ目の前にはみゆきの顔があったのだから。

彼女は関口の腰に腕を回し（顔は見えないが、彼の表情は容易に想像できた）、荷台に横座りになって、後ろから行くぼくを励まし続けてくれた。

「がんばって」「苦しくない？」「もっとペース落とそうか？」

そのたびにぼくは全力を尽くし余裕の笑顔をつくりあげるのだった。それがさらに疲労を呼ぼうとも、笑顔を崩すわけにはいかなかった。つらいときにはつらい顔をするのが一番楽なのだと、このときぼくは悟った。

現場に着く頃には、ほとんど疲労困憊《こんぱい》の状態になっていた。これからリングに上がるというのに、すでに15ラウンド戦ったあとみたいに足下がふらついていた。休む間もなく関口が言った。

「さあ、始めようぜ」

そして（ここが関口らしいところだが）、彼は何気なく自分の分担を一番多く取り、残りをぼくら二人に配分した。

「リミットは90分だ。それまでにここに戻ってこよう」

それだけ言うと、もう一度自転車にまたがりさっさと行ってしまった。配布地域の一番奥を彼は自分で受け持つと申し出たのだ。手前の東をみゆきが、西をぼくが受け持つことになった。

去りゆく関口を見送ったあと、ぼくらは自然と向かい合った。

「じゃあ、行きましょうか？」

みゆきが言った。

「うん、お願いします」

そしてぼくらも左右に分かれ、それぞれの作業に取り掛かった。

配布先に指定はなかったから、片っ端からポストにチラシを押し込んでいった。集合住宅はエントランスのポストでなくそれぞれのドアに差し込む決まりになっていたので、エレベーターのあるところだけ回り、他は無視することにした。もう脚が動きそうにもなかったのだ。それでも予定よりもかなり早く手元のチラシは無くなっていった。だてにキャリアを重ねてきたわけじゃない。ポスティングにも深遠なる奥義《おうぎ》というものがあるのだ。

全てのチラシを配り終わると見当を付けて東のエリアに向かってみた。程なく、残りのチラシを持って歩くみゆきの姿を見つけた。彼女はぼくを見て驚いた顔をした。

「もう終わったの？」

「いちおう熟練者だから。残りを分け合おう」

ぼくらはチラシの束を2分の1ずつに分けて、同じ道を歩きながら左右の家々にそれぞれポスティングしていった。

「こんなに歩いたのは久しぶりだわ」

みゆきが言った。

「でも、ほんの90分だよ」

「ええ、それすらも歩いていなかったってことね」

「疲れない？」

「大丈夫よ。逆に気持ちがいいわ」

道の両側には背の高いケヤキの木が連なっていた。いまはまだ葉を付けていなかったが、春になればきっと綺麗な緑を見せるのだろう。高台にあるこの地域には品の良い住宅が並んでいた。庭に草木を植えている家が多く、この季節、木瓜《ぼけ》や梅の花がくすんだ風景に彩りを添えていた。

みゆきはニットの飛行帽をかぶり、チェック柄のマフラーを巻いていた。レザーのライダースジャケットを着て、細身のデニムパンツに長い脚を包むその姿は、若き抵抗運動家《レジスタンス》といった趣だった。美しく気高く、けれど繊細で怒りよりも悲しみに流れやすい。

いずれにせよ、彼女の魅力は際立っていた。恋というフィルターを外して彼女を見ても、その評価が変わることはなかっただろう。

「なに？」と彼女が訊くので、「別に」と言って空を見上げた。漆喰《しっくい》で塗り込められたような空の色がそこにあった。

最後のチラシを配り終え、ぼくらは集合場所へと向かった。

「関口ってさ、口は悪いけど気はいいやつだよね」

並んで歩くみゆきに言った。

「そうね。でも、『いいやつ』なんて言ったら、絶対に嫌がるわよね」

「たしかに」

彼女が楽しそうにくすくすと笑った。

「おおい」と呼ぶ声がして振り返ると関口が自転車にまたがり、手を振っていた。ぼくらはもう一度声を潜めて笑い合った。

「まいったよ」

ぼくらに追いつくなり関口が言った。

「俺はどうやら犬組合のブラックリストに載っているらしい」

「吠《ほ》えられたの?」

ぼくが訊くと、彼は大仰にうなずいて見せた。

「犬という犬すべてが俺に吠え掛かってきた。こんな小《ち》っちゃなチワワみたいな野郎までキャンキャンいいやがるんだ」

「好かれてるのかもしれないよ」

「かもな。あいつらの愛情表現はおそろしく屈折してるんだろうよ」

忌々《いまいま》しそうに言って、顔をしかめた。けれど、きっと関口は犬が好きなのだ。犬並みに屈折した彼の表現を読み解くには、特別なアルゴリズムが必要だった。

「よし、じゃあ帰ろう」

そして、またみゆきを自転車の後ろに乗せて、今度はとても追いつけないような速さで走っていってしまった。

「じゃあなあ」と関口が背中越しに手を振っていた。

「映画館で待ってるからなあ、早く来いよおおお」

遠ざかる彼の声と、戸惑うようなみゆきの姿を見送りながら、ぼくは思った。

いいやつだって？　誰がそんなことを言ったんだ？

けれど、またしても彼の評価は急騰した。

これも真意を見抜くのはひどく難しく、あるいはまったく額面どおりの真相だったのかもしれない。

彼は、自分は前から3列目の通路脇の席じゃないと嫌なんだと言って、一人でさっさと前の方に行ってしまった。近眼なんだよ、とも言っていた。映画館はがらがらで、ぼくら3人の他に客は10人もいなかった。みゆきとぼくは観客席のほぼ中央に並んで座った。まるで二人だけで映画を観に来たみたいだった。関口が気を遣ったんだろうかとも思ったが、だとしても理由が見当たらなかった。

上映が開始される前に、レストルームで軟膏《なんこう》は全て拭《ぬぐ》い落としておいた。そんなに長い時間でなければ、どうにか我慢できる。関口に「バイト代がわりな」と言って、コーラとポップコーンを奢《おご》らされたので、ぼくらはみんな大きなポップコーンバケツを手に座っていた。

映画はまず『恋しくて』から上映された。

関口やみゆきと違い、ぼくには初めての作品だった。そしていきなり魅了された。男の格好をして男の言葉を使うボーイッシュな女の子、ワッツから目が離せなくなった。おそらく、これが片思いの話だからだったのだろう、ひどく身につまされ、何故か主人公のキースではなく、彼に恋するワッツに激しく感情移入していた。

みゆきの隣の席が目的で来たはずだったのに、スクリーンの中の恋に心を奪われていた。

白浜流に言うなら、「するんじゃなくて見るほう」に重心が傾いていた。

「ワッツって里中さんに似ていない?」

映画の中程でみゆきが訊いた。静流に? 確かにそうかもしれない。しかし、あらためて意識して見ても、具体的に重なるところはひとつもなかった。細部ではなく総体としての印象がどこか似ているのだ。

ひとつのクライマックスとして、キースが憧《あこが》れの女の子とデートをする前に、ワッツとキスの練習をするシーンがあった。このときはさすがに隣のみゆきを意識しないわけにはいかなかった。片思いの女の子と二人で並んで、片思いをしている女の子がその相手とキスをするシーンを見ているのだから、それはもうそうとうなものだった。何かしら野心があってここに座っていたわけではないが、何かを期待してしまうというのは自然な感情だった。

ちらりと横目で彼女の口元を見た。形のいい可愛《かわい》らしい唇があった。まさに彼らの(ワッツとキースの)唇が触れようとしているそのとき、みゆきの唇も見知らぬ相手を求めて微《かす》かに開かれ震えていた。彼女はぼくが気付いたことに気付いていない。真剣にスクリーンを見つめている。何かしら彼女の秘密を盗み見したような気がして、ぼくはすぐに映画に意識を戻した。それでも胸の高鳴りは収まらなかった。

映画はラストシーンへと向かう。

最後の最後で、ついにワッツの恋心がキースに伝わり、二人の思いが通じ合う。

涙に濡れたワッツの笑顔。彼女に手渡されるピアス。夜のペーブメントを歩み去る二人。そして「ぼくの未来が良く似合う」というキースの言葉。

最高だった。涙が出て、ついでに鼻水まで出てきた。みゆきもすんすん啜り上げていた。

「いい映画だったね。関口が言ってたのが分かったよ。大袈裟でなく、50回ぐらいは観たくなるかもしれない」

「でしょ?」

彼女の目の縁がピンクに染まり、それもまた魅力的だった。

館内の灯《あか》りがつき、休憩時間になると関口が通路を昇ってきた。「ちょっと用足し」と言ってぼくらの隣を通り過ぎて行ったが、彼の鼻の下が光っているのが見えた。涙は拭っても、鼻水までは気付かなかったのだろう。

次の『プリティ・イン・ピンク』は、すでに一度観ていたこともあったせいか、急に緊張がゆるんでいくのを感じた。昼間の疲れに絡め取られるようにして眠りの底に沈んでいく。目を開けてなくちゃ、と思ってはいても、暴力的なまでの睡魔に抗《あらが》うことはできなかった。モリー・リングウォルドの声を子守歌に、ぼくは束の間《つかのま》の眠りに落ちていった。


なにかひじょうに心地よい感触に目を覚ます。

いい匂い、そして柔らかな感触。気付くと、ぼくはみゆきの肩に自分の頭を預けて眠っていた。ジャケットの下に彼女は苺《いちご》色のセーターを着ていた。その柔らかな感触と、彼女の首筋から香る甘い匂い。その優しさは愛の言葉にも似て、ほんの一瞬だが、ぼくは彼女と深く繋がっているような錯覚に溺《おぼ》れる。けれど、その半覚醒《はんかくせい》の温もりから抜け出た途端、正気に返り、ぼくは慌てて体を起こした。

「ごめん、眠ってた」

ぼくが言うと、みゆきは秘密めいた笑みを浮かべた。ほとんど誘いともとれるような口調で囁《ささや》く。

「かまわないのよ、もっと眠っていても。あんなに走ったんだから疲れたんでしょ?」

「たぶん、そうだね」

でも大丈夫、と続けた。

「せっかくの映画だ。ラストぐらいはきちんと観なくちゃ」

「そうね。それがいいわね」

それからは映画が終わるまでぼくらは言葉を交わすこともなく、行儀よく姿勢を正して座り、じっとスクリーンを注視し続けた。

けれど、ぼくの意識は「見るのではなくするほう」の恋に100%傾き、視野の端に映るみゆきの姿をひたすら追い続けていた。

映画館の暗闇の中でぼくは思っていた。

やっぱり関口はいいやつだ。

＊

春が来て、ぼくらは3年生になった。進級がひどく難しいことで有名なこの大学で、いつものメンバーは誰一人欠けることなく無事新しい学年を迎えた。入学したときに60名いたクラスメートの実に半分が留年の憂き目に沈んでいた。

英語学科以上に厳しいとも言われているフランス語学科だったが、静流も無事、進級を果たした。

このころから彼女はカメラに強い関心を抱くようになっていた。その切っ掛けは「水曜日」だった。

「水曜日」は例の小鳥の名前だ。その鳴き声が「メルクルディ！」と聞こえるから「水曜日」だと静流が名付けた。フランス語学科の静流らしい考えだった。

フランス語で水曜日、「mercredi」。

確かに、そう思って聞いてみると、そんなふうに鳴いているようにも聞こえた。

「メルクルディ、メルクルディ！」とナナカマドの木の梢《こずえ》で、「水曜日」は気持ちよさそうに唄《うた》っていた。

ぼくのキヤノンのF1は彼女にはずいぶんと大きすぎるように見えた。両脚を開いて立ち、左手の上にカメラを載せ、右手でシャッターを押す。それだけのことが、彼女にはとてつもない重労働となった。

「カメラがこんなに重いものだなんて知らなかった」

「もっと体力を付けたほうがいいね。ドーナツビスケットばかりじゃなくてさ、もっと栄養のあるもの食べて」

「栄養は充分足りているわ。足りないのは成長ホルモンよ」

「ほんとにまだ成長するのかな？」

するわよ、と彼女は確信に満ちた声で言った。

「胸が膨《ふく》らんで、お尻《しり》がまあるくなって」

「蒙古斑《もうこはん》が消えて無くなって？」

「そう。そして歯も生え替わるわ」

ねえ、と彼女はやけに嬉しそうな顔をしてぼくの目を覗《のぞ》き込んだ。

「そうしたらどうする？　私がものすごくなっちゃったら」

「ものすごくって、何がものすごくなるのさ？」

「何もかもよ。どこもかしこも。あれもこれも」

「ふむ」

「そして、胸のぶわって開いた服着て長い髪かきあげるの」

「いいね。セクシーだ」

「そう、それよ。セクシー。そしたら誠人はどうする？」

ぼくは想像してみた。そしたら、今の静流がそのまま縦に長くなって、やけに胸の開いた奇妙なスモックを着て、眼鏡の奥の目を何度もぱちくりさせている姿が頭に浮かんできた。

「なんだかなあ……」

「ちょっと、貧弱な想像しないでよ。もっとすごいんだから」

「ぼくの想像が分かるの？」

「分かるわよ。もっとこう嬉しそうな顔になってよ」

しかし、何度やっても彼女は彼女のままだった。ただ縦長になっただけ。

「きっと、綺麗な大人の女性になったら、まわりの男の子たちが放っておかないわよ」

「そうなのかなあ」

「そうなんだってば」

可愛い子が成長すると美人になるかもしれない。ならば愛嬌《あいきょう》のある子が成長すると何になる？たぶん愛嬌のある大人になるだけだ。その辺の現実を彼女は認識していない。

ぼくは言った。

「別にすごくなる必要はないよ。静流はいまの静流のままで充分魅力的だと思うよ」

ぼくは思ったままのことしか口に出来ない人間だったので、思ったままのことを口にした。だが、彼女は急に悲しそうな顔になった。

「それじゃ駄目なのよ」

しばらくしてから彼女が言った。何が駄目なのか、ちょっとのあいだ考えてみたけど、天啓《てんけい》のような閃《ひらめ》きはなかった。ぼくはもっともらしいが真実ではない幾《いく》つかの答えの間を漂っていた。だが、それもすぐに「水曜日」によって中断された。

「来たわ」

彼女が低く鋭く言った。

「慌てずに。脇を締めて、ぶれないように。シャッターは半押しにしておいたほうがいい」

ぼくが言うと、「わかった」と彼女が隣でうなずいた。

「水曜日」がいつもの巣箱にとまった。前もって撒《ま》いておいたドーナツビスケットの欠片をついばんでいる。

「今だ」

ぼくが囁くと、彼女は息を止め、一気に何度もシャッターを切った。

「もっと。まだまだいけるよ」

さらに何枚か続けて撮る。「水曜日」は飛び立たない。静流はそのままシャッターを押し続けた。

「水曜日」はたっぷり1分はぼくらのモデルをつとめてくれた。

ドーナツビスケットを食べ尽くした彼は、やがて別の梢を目指して飛び立っていった。

はあああ！　と静流が大きく息を吸い込んだ。

「死ぬかと思ったわ」

「もしかして」とぼくは真っ赤な顔をしている静流に訊いた。

「ずっと息を止めていたの？」

「そうよ」

彼女は答えた。

「だって、あなたが言ったのよ。息を止めたほうがぶれないって」

そしてもう一度彼女は肩で大きく息をした。

「でしょ?」

だからって、何もずっと——

「でしょ?」ともう一度彼女が言った。

ぼくは答えた。

「たしかに」

*

この年の夏はいつもよりもずいぶんと急ぎ足でやって来た。6月に入った途端、すぐに気温は30度を超え、連日最高気温がそこから下がることはなかった。雨は降らず、街は乾いていた。たまりかねた関口が言い出し、彼の車でぼくらは泳ぎに行くことになった。

「プールに行くなんて久しぶりだよ」

助手席からぼくが言うと、関口が鼻をふんと鳴らした。

「誰がプールに行くなんて言った?」

「あれ? だって泳ぎに行くって」

父親から借りたという年季の入ったルノーのハッチバックは内陸に向かって走っていた。

「あんな塩素臭いぬるま湯に姫二人を入れられるかよ」

後部座席にはみゆきと早樹の二人がいた。関口の言葉にくすくすと笑う。例によって由香と白浜は興味を示さず不参加だった。

「じゃあ……」

「俺《おれ》のとっておきの場所があるんだ。任せておけよ。しっかりと日除《ひよ》けもあるからな、姫様方の柔肌に紫外線が当たることもない」

後ろを振り返ると、彼女たちは行き先を知っているらしかった。ぼくが訊《たず》ねようとすると、戯《おど》けて聞かないふりをする。

まあ、目的地は何処《どこ》でもよかった。みゆきとこうして一緒にドライブできるなら、環状線をずっとぐるぐる回っているだけでも充分楽しかったのだから。

あたりまえのことだが、関口のカセットライブラリーは全てが映画音楽だった。「エデンの東」から始まってマリリン・モンローが唄う「愛されたいの」、さらにあの有名な「アイドルを探せ」と続き、「黒いオルフェ」「日曜はダメよ」が流れた。

「『ハイ・フィデリティ』って小説があるんだよ」

ハンドルを握りながら関口が言った。

「知ってる。ぼくも読んだよ」

「原書で?」

「まさか。翻訳本だよ」

「俺は原書で読んだ。まもなく映画にもなるって話だ」

そんなことはどうでもいいんだが、と彼は続けた。

「主人公のロブがいつも彼女のためにオムニバス・テープを作るだろ?」

「ああ、そうだね」

「俺もあれが好きなんだよ。何かあるごとにこうやってオムニバス・テープを作って車に積んで出掛けるんだ」

「それも映画音楽ばかり?」

「まあ、そんなもんだ」

曲がちょうど「クワイ河マーチ」に変わり、関口は音楽に合わせて口笛を吹いた。車はいつの間にか緑の中のワインディングロードを走っていた。心なしか空気が澄んできたようにも感じられた。

それから20分程走って、ぼくらは目的の場所に着いた。

「ここが俺のとっておきの場所さ」

関口が言った。

「子供の頃から親父《おやじ》に連れられてよく来ていたんだ」

そこは深い緑に覆われた渓谷だった。ウィークデイだからなのか、ぼくら以外に人影は全くなかった。車から外に出てみると、空気は予想以上にひんやりとしていた。水の音と鳥の声、そして木々のざわめき。1時間ほど前に車に乗り込んだ場所とは、まったくの別世界だった。女性二人も言葉をなくしている。

若草色に染まる木立。水流を囲む岩場の上には巨木がつくる緑の天蓋《てんがい》があった。水面はコバルトグリーンに染まり、早瀬では白い飛沫《ひまつ》が躍っていた。

「さあ、着替えようぜ」

関口の言葉で我に返り、ぼくは車からナイロンバッグを取り出して、木立の陰でサーフパンツに履き替えた。女性陣は遮光ガラスで守られたルノーの後部座席で着替えていた。

関口もおそろしく派手な柄（極彩色で描かれたサンセットビーチ）のサーフパンツに履き替えていたが、裸になった上半身は思っていたとおり悲しいほど貧弱だった。

「細いね」

ぼくが言うと、関口が憎々しげに笑った。

「いやいや。そちらには敵《かな》いませんよ。おまけに色白でいらっしゃる」

「たいして変わんないと思うけど」

「いやいや、とてもとても」

すぐに馬鹿らしくなって、ぼくらは岩場に移動した。水流の音が大きくなる。水は巨石を縫うように蛇行し、時には早瀬となり、時には淀《よど》みとなって、その表情を様々に変えていた。

「深いところは3mぐらいある」

関口が指さしたのは対岸の淀みだった。流れは穏やかで、水面には鮮やかな青葉が映っていた。

「よく川底まで潜って石拾いをしたもんさ。兄貴にいつも先を越されて悔しかったな」

「またやってみるかい?」

おや?　という顔で関口がぼくを見た。

「俺と張り合うって言うのか?」

「うん。女の子たちにいいところを見せたいもんね」

子供の頃から泳ぎは大好きだった。潜水にも自信はあった。よし、やろうぜ、と関口がうなずいた。

「おまちどおさま」

みゆきの声がして、ぼくらは同時に振り返った。そして同時に息を呑《の》み、同時にノックアウトされた。ゴング1秒でテクニカルノックアウト。まだセコンドが椅子を片付ける前だった。かろうじて立ってはいたが、指一本動かすことができなかった。

彼女たちは同じデザインで色違いのスイムウェアを着ていた。シンプルで機能的なワンピース。みゆきがベビーブルーで早樹がローズピンク。腰には二人ともパレオを巻いている。すごく健やかで瑞々《みずみず》しい姿だった。なんの過不足も誇張もない肉体。率直な呼び掛け。

「ふう」と隣で関口が息を吐いた。

「5秒ほど意識がなくなっていた」

「大袈裟な」と早樹が言った。

「そうでもないよ」

ぼくが言うと、みゆきがくすくすと笑った。

「それにしてもあなたたち細いのね」

早樹が言った。

「欠食児童の兄弟みたい」

「うるさい」と関口が言い返した。

「無駄なものを削《そ》ぎ落としていってこそ、魂は純化されていくんだよ」

「だとしたら、いまの関口くんの魂は、この川の水ぐらい澄みきっているはずよね」

「そのとおり」

早樹はふん、と鼻で笑ってぼくらの脇を通り過ぎていった。その後ろ姿もまた何というか、そうとうなものだった。

ぼくらは岩場から降りたところにある小さな砂地に立った。まずは早樹が水に足を浸《つ》けてみる。

「うわっ」

その驚きように関口が笑った。

「冷たいだろ?」

「冷たい。こんなに?」

「ああ。でもすぐに慣れる」

と言うことで、ぼくらは4人並んで、ゆっくりと水の中に身体を浸していった。確かに冷たい。

けれど、この何もかもが茹《ゆ》だったような世界では、それがとても贅沢《ぜいたく》なことのように感じられた。

足を屈《かが》め肩まで水の中に入ると、そっと腕を掻《か》き前方に泳ぎ出す。たちまち水に流され下手に立つみゆきにぶつかった。それをきっかけに彼女も泳ぎ出す。ぼくらは何度か身体を触れ合わせながら、下流の大岩に泳ぎ着いた。

「泳ぎ巧《うま》いんだね」

岩に掴《つか》まりながらぼくが言うと、彼女がうなずいた。濡れた髪をかき上げ、形のいい額を露わにする。

「ずっとスイミングスクールに通っていたから。泳ぐのは大好きよ」

「ぼくもだよ」

「じゃあ、今度は向こう岸まで」

彼女がそう言って水に潜った。３ｍほど先に浮かび上がり、見事なストロークで流れに逆らい泳いでいく。透明な水を通してベビーブルーの水着が見える。ぼくは彼女を追うように泳ぎ出すと対岸を目指して水を蹴《け》った。

ひとしきり泳ぎを楽しんだあと、ぼくらは例の淀みを覗き込む岩場に集まった。足下から水面までは２ｍほどあった。

「さて」と関口が言った。

「やるか？」

「いいよ」

「やるって何を？」

早樹が訊いた。

「この淀みは深さが３ｍぐらいあるんだ」

関口が彼女に説明した。

「ここから」と言って自分の足下を指さし、「飛び込んで、底に落とした石を拾ってくる。先に取ったほうが勝ちだ」

「そんなことできるの？」

「ああ、楽勝さ」

「そうはいかないよ」

ぼくの言葉に関口が両手を空に向けて広げた。

「言うだけは自由だ」

「ねえ」とみゆきがぼくらに割って入った。

「私も参加していい？」

関口が驚いたように彼女を見る。

「いいけど、できるのか？」

みゆきは関口を見上げて微笑《ほほえ》んだ。

「私が１等賞かもよ」

そして戯けて首を振る。

「言うだけは自由でしょ？」

彼女はパレオを外して早樹に手渡した。

「いいだろう。3人勝負だ。早樹が合図を出してくれ」

関口は辺りを見回し、白地に黒い筋の入ったこぶし大の石を拾い上げた。

「これなら見つけやすいだろう」

そう言って、岸から2mほど向こうに放り投げた。飛沫《しぶき》を上げて水中に没した石は、ここからでもかなり深く沈むまでその影を追うことが出来た。

ぼくら3人は、岩場の一番端に並んで立った。男たちがみゆきを挟む形になった。見下ろしてみると、かなり高い。ぼくはブランクの長さを少し恨めしく思った。

「じゃあ、行くわよ」

早樹が言った。

「用意」

ぼくらは一斉に腰を屈めた。

「GO！」

ジャックナイフで飛び込む。勢いでかなりの深さまでゆき、そこから腕を使い川底を目指す。横を見ると関口の姿が見える。みゆきは視野の中にはいない。視線を底に戻すと、滑らかな岩がむき出しになった川底に目指す石が転がっているのが見えた。その向こう側に関口。ほぼ同じ距離だ。

懸命に腕を掻き、彼よりも先んじようともがく。関口も必死だ。両者が同じような進入角度で石に近付き手を伸ばした。けれど、もう少しで届こうかというその瞬間、さっとぼくらと交差するようにベビーブルーの鮮やかな色彩が通り過ぎてゆき、そのあとにはもう目指すべき石は消えて無くなっていた。

4人で日に温められた岩に並んで寝ころんだ。長く水に浸かり、誰もが冷え切っていた。唇が紫色に染まり、肌から血の気が失せていた。

「まさかみゆきに取られるとはな」

いまだに信じられないという口振りだった。

「私は魚よ」

そう言ってみゆきは手にした石を天に向かって突き出した。

「いつも練習の終わりにこうやって遊ぶのよ。プールの底にコインを落として。だから慣れていたの」

「それじゃあ仕方がない。まあ、接戦だったしな」

「でも、わずかにぼくが関口よりも勝っていた」

ぼくが言うと、関口とみゆきが口をそろえて唱えた。

「言うだけは自由!」

たしかに。

＊

夏期休暇に入るとすぐに静流がぼくのアパートにやってきた。

彼女が写真の現像も自分でやってみたいと言い出したのだ。初めてぼくの部屋を訪れた静流は、博物館を訪れた観光客のように何にでも興味を示し何にでも触りたがった。

「これはなあに？」

そう言って彼女は段ボール製のラックにずらりと並んだプラスチック容器のひとつを手に取った。

「あっ、それは――」

慌てて取り返そうとしたが、彼女はくるりと背を向けぼくの手を逃れた。しゃがみ込みラベルの文字を読みとろうとする。けれど、すぐに諦《あきら》めてぼくを仰ぎ見た。

「なんて書いてあるの？　読めないわ」

彼女は容器をぼくに手渡した。

「ロシア語みたいに見えるけど」

ぼくはうなずき、容器をラックに戻した。

「そうだよ。多分ロシア語だと思う」

もちろん、これが例のイスラエル製の軟膏だった。ラベルの文字はヘブライ語でも英語でもなく、何故かロシア語で書かれていた。ぼくはこの軟膏を常時20本はストックしていた。

「怪しいわね。こんなに大量に何を買い溜《だ》めしているの？」

「別にたいしたものじゃないよ」

「たいしたものじゃない」

またいつもの反響言語だ。

「ならば、なんだか言えるでしょ？」

「言うほどたいしたもんじゃないってことだよ」

少しでも何かを言えば、結局すべてを明かす羽目《はめ》になる。ちょっとだけパンツをずり下ろしてみたら、一気に膝《ひざ》まで引き落とされてしまうようなものだ。ぼくが発する臭《にお》いに静流は気付いてはいなかったし、これからもぼくが臭いを発していることは知られたくなかった。だから、とにかく黙っていることにした。

静流はどことなく不満そうだった。

「まあ、いいけど」

彼女は言った。

「きっと、何かいかがわしいことに使うものなのね。だから、言えないんだ」

そして彼女は何故か頬《ほお》を桃色に染めた。

彼女が何を想像しているのか、ぼくにはまるで想像もつかなかったが、あえて訊ねる気にもなれなかった。とにかく、この話題から遠ざかりたかった。

「まあ、そういうことだよ」

どういうことなのか分からないまま、ぼくはそう答えた。彼女も、この話題から離れたがっているみたいだった。曖昧《あいまい》にうなずき、壁にピンで留められた写真に注意を移した。「メルクルディ？」と彼女が訊いた。

「メルクルディ！」とぼくが答えた。「水曜日」の写真だった。

「これは私が撮ったやつね？」

「そうだよ。ずいぶん巧くなったね」

彼女はえへへ、と笑い、人差し指で鼻の下を拭った。ほとんど愛《いと》しさにも似た感情がわき起こり、ぼくは少し戸惑いを覚えた。

「おいでよ」

ぼくは言った。

「こっちの部屋が暗室になっているんだ」

玄関を上がってすぐに今ぼくらがいるダイニングがあり、その奥の洋間が「暗室」になっていた。3畳ほどのスペースにダークカーテンで目張りをして、リサイクルショップで買ってきた大きめのスチールデスクを置いていた。これも中古だがなかなか上等な引き伸ばし機がその上に鎮座していた。

「すごい！　ここで写真を現像して焼き付けるわけね」

「そうだよ。モノクローム専門だけどね。カラーはお金が掛かるから、いまのところ全部ラボに出してるんだ」

しかし、実際に撮る写真の9割方がモノクロームだったから、つまりはほとんどの写真をここで現像し、焼き付けをしていたことになる。

ぼくは部屋のドアを閉め、暗室電球を灯《とも》した。赤みのかかった柔らかな光がぼくらの肩に降りかかる。

「こんな感じ」

ぼくは言った。

「この中で作業をするんだ」

静流は壁に背を預け、横に立つぼくの顔を見上げた。

「何だか楽しそうね」

「楽しいよ」

「私にもできるかしら?」

「できるさ。実際、そんな難しいことじゃないんだ」

ねえ、と静流は言った。

「気付いてないかもしれないから言っておくけど」

「うん」

「私、少し不器用なところがあるの」

「少し?」

静流がぼくを見た。意味を付与しづらい奇妙な間があり、それから彼女はおもむろに言った。

「そう、少しよ」

ぼくは3秒ほど考え、その後で気前よく3度ほどうなずいた。

「かもしれないね」

「気付いてたの?」

ぼくは答えた。

「少しね」


「少し」不器用だという彼女は、おそろしいほど手際が悪かった。一番最初の手順であるフィルムをリールに巻く作業からつまずいた。慣れないうちは誰でも苦労する部分だったが、彼女はその何倍も苦労していた。1本フィルムを無駄にして、まずは明るい中で何度も繰り返し練習した。その後で、今度は暗室の暗闇《くらやみ》の中でまた同じ手順を繰り返した。実際にはこうして暗闇の中ですべき作業だったから、これも必要な練習だった。彼女は不器用な人間にありがちな頑迷なまでの粘り強さで、少しずつコツを身体《からだ》に覚え込ませていった。

気付いたときにはもうずいぶんと夜が更けていた。

「もう、時間が遅いよ」

「何時?」

「10時を過ぎてると思う」

「うそ！」

「ほんと」

「あっという間ね」

「暗室の中では時間は早く過ぎるんだ」

「そうかもしれない。ワインでも置いておけばいいのに」

「どうして？」

「早く熟成するんじゃない？」

なるほど。

「さあ」と言って、ぼくは暗室電球を灯した。

「帰る時間だ。駅まで送るよ」


駅まではアパートから20分近くも歩かなくてはならなかった。そのおかげで２ＤＫのぼくの部屋は、ずいぶんと安い家賃に据え置かれていた。

ぼくらは人通りの絶えた裏通りを並んで歩いた。

「また教えてね」

彼女が夜空を見上げながら言った。

「きちんとできるようになりたいの」

「いいよ。教えてあげるよ。この先はもっと楽しくなるんだから」

「そう?」

「うん。焼き付けの作業はすごくはまるよ。夢中でやっていると、時間が信じられないくらい早く過ぎていくんだ」

「ワインがあっという間に熟成するくらい?」

「そうだね」

ぼくは言った。

「気が付くと朝になっていたなんて、いつものことだから」

「楽しみだわ」

「うん」

やがて駅舎が見えてきた。小さなロータリーがあり、クリーニング店と花屋が並んでいた。どちらもすでに灯《あか》りが消え、シャッターが閉まっていた。

「ありがとう。ここで大丈夫だから」

「うん」

彼女は自分の実家から大学に通っていた。ここから電車で15分ほどの町に彼女の家はあった。

「電車が来るまでここにいるよ」

「ほんとに大丈夫よ。すぐに来るから」

「そう?」

「うん」

彼女は改札を抜け、そこで振り返り、ぼくに言った。

「また明日もよろしくお願いします」

「うん、こちらこそ」

「今日はどうもありがとう。すごく楽しかった」

「うん」

「じゃあ、おやすみなさい」

そして静流は今度こそ振り返ることなく、薄暗いホームへと消えていった。

彼女の姿は見えなくなったが、何となく心配で、ぼくはそのあと電車が来るまで改札の外に佇《たたず》んでいた。彼女が言うとおり5分も待たずに電車は来た。発車のベルを聞き、ドアが閉まる音を確かめてから、ぼくは改札を離れ駅舎をあとにした。

*

その夏は静流に写真の技術を教えることにほとんど費やされた。

ぼくは良き指導者として、持てる知識や技量の全てを学究的生真面目《きまじめ》さで彼女に伝えていった。

たしかに彼女には不器用なところがあったけど、それは欠点というより何か別の美徳の一側面であるようにも思えた。彼女はすばらしい生徒だった。他の評価はCやDだったとしても、とにかく熱意に関してだけは間違いなくA+だった。

はじめの頃「水曜日」専属のカメラマンだった彼女は、やがて他の被写体にも興味を持つようになり、風景から人物まで幅広く撮るようになっていった。その中でもとくに彼女は子供を好んで撮った。彼女自身が子供みたいな姿をしていたから、警戒心を与えることなくカメラを向けることが出来たのだろう。彼女が撮る子供たちは誰もがとても自然で屈託のない笑みを浮かべていた。

彼女は大学近くの小さなカメラ店で中古の小型一眼レフを手に入れ、それからますます写真にのめり込んで行くようになった。

*

「現代アメリカ文学」の講義で中教室に行くと、そこに静流がいた。彼女はみゆきの隣に座っていた。いつもはそこがぼくの指定席なのだ。しかたなく、ぼくは二人の真後ろの席に座った。

「なんでフランス語学科の静流がいるんだよ?」

ぼくが訊《き》くと、彼女は振り向き、「テネシー・ウィリアムズが好きだから」と言って、それから「さあみんな、次はセブン・ポーカーといこうぜ」と男の声色をやってみせた。

『欲望という名の電車』のスタンリーの科白《せりふ》だった。

「静流さんって楽しいひとね」

みゆきが肩越しにぼくに言った。

「もっと早くから友達になれば良かった」

「ハ、ハ、ハ」と静流が笑った。

いかにも静流らしくない、奇妙なはしゃぎ方だった。

彼女たちは10年来の親友のように、親しげに言葉を交わし合っていた。みゆきが膝の上に置いた女性雑誌を二人で眺めながら、ひそひそくすくすと何やら楽しげだった。ぼくは、後ろの席で出番を待つ端役《はやく》のようにずっと控えていた。首筋や脇腹をぽりぽり掻きながら（この日は軟膏を控えめにしていた）、ずっと待ってはみたけど結局出番は最後まで無かった。


夕方、ぼくのアパートに向から道すがら、静流に訊いてみた。

「あれはどういうつもりだったの?」

「あれって?」

「現代アメリカ文学の講義だよ」

「だから、テネシー・ウィリアムズが好きだから」

「そんなふうには思えない」

「じゃあ、どんなふうに思うの?」

分からない、とぼくは言った。

「だから訊いているんだけど」

「私はきちんと答えたわ」

「そうかな?」

「そうよ」

それからしばらく、ぼくらは黙ったまま歩き続けた。

「怒ってるの?」

ずいぶん経《た》ってから、彼女が訊いた。

「怒ってはいない」

ぼくは答えた。

「でも、上機嫌というわけにはいかないよ。だって、嘘《うそ》をつかれてるんだから」

「嘘?」

「きっとね」

やがてアパートに到着した。ぼくが先に階段を上った。振り返ると、彼女はアスファルトの道の上に立ち尽くしたまま、まだそこにいた。肩の幅に脚を広げ、トートバッグを両手に摑《つか》み、じっと地面を見つめている。その仕草がますます彼女を子供っぽく見せていた。

ぼくは再び階段を降りて彼女の前に立った。何も言わず、静流が口を開くのを待った。

かなり長い沈黙の後、彼女が小さく呟《つぶや》いた。

「……ったの」

彼女の声は細く不明瞭《ふめいりょう》で、ぼくはその言葉を聞き逃した。

「何？」

ぼくは彼女の口元に耳を近づけた。

もう一度彼女が言った。

「――好きな人が好きな人を好きになりたかったの……」

その途端、ぼくの胸に鈍い痛みが走った。森の公園で静流の涙を見たときに感じたのと同じような痛みだった。

スキナヒトガ　スキナヒトヲ　スキニナリタイ
それは喜びではなく悲しみを意味する言葉だった。

「好きな人がって――」

「いいの」

静流は一歩退き、ぼくから離れた。

「でも」

「気にしないで。それも嘘かもしれないし」

「嘘なの？」

静流は何も言わず、ただぼくの目をじっと見ていた。眼鏡の奥の瞳《ひとみ》には迷いの色があった。怯《おび》えているようにも見えた。

やがて彼女は、まるで誰かに無理矢理強《し》いられたかのように、ひどくつらそうにゆっくりと首を振った。

「嘘じゃない。ほんとよ」

そしてふいに表情を変え、率直な眼差《まなざ》しをぼくに向けた。

「私はあなたが好き。そしてあなたはみゆきさんが好き」

だから、と彼女は言った。

「私も彼女のことを好きになることにしたの」

それぐらい構わないでしょ？　そう言って静流はぎこちない笑みを浮かべた。

何と答えればいいのだろう？　どれだけ探したって、こんな場面に相応《ふさわ》しい言葉など見つかりはしない。自家撞着《じかどうちゃく》的な彼女の思いは行き場を失い、奇妙な袋小路に嵌《はま》り込もうとしていた。戻っておいでよ、と言うことは容易《たやす》いけれど、結局それはまた別の袋小路に彼女を誘い込むことになるだけだった。

ぼくが言葉を濁していると、彼女はゆっくりと俯《うつむ》き、自分の影に視線を落とした。

ぽつりと呟く。

「いいの、もう決めちゃったから……」


それからというもの、「現代アメリカ文学」の講義では、みゆきの隣の席にはいつも静流の姿が見られるようになった。自然と、ぼくの定位置は二人の後ろの席になった。

奇妙な組み合わせではあったけど、二人は意外なほどの強い結びつきを見せた。ときにはランチを一緒にとることもあったし、キャンパスの外まで足を延ばし、二人で小《ち》っちゃなマーブルチョコみたいなものを（何て言うんだろう？　男のぼくにはまったく知ることのない世界だ）買いにゆくこともあった。

白浜は、そんな二人を不思議なものを見るような目で眺めていた。

「あの組み合わせはなんなんだ？」

「さあね」

静流の気持ちは、ぼくと彼女だけの秘密だった。

「フラニーとリリーだな」

映画雑誌から顔を上げて関口が言った。

「それ誰？」

早樹が訊いた。

「『ホテル・ニューハンプシャー』さ。映画だよ」

「ホテル？」

「ああ、その中に出てくるしっかり者の姉きと、小さいまま成長が止まっちまった妹の名前だよ。フラニー役のジョディ・フォスターが最高にいかしてるんだ」

「静流はまだ成長が止まったわけじゃないんだ」

ぼくが言うと、関口は面倒くさそうにうなずいた。

「はい、はい。そうだろうさ。だってまだほんの21歳だもんな。思春期まっさかりだよな」

「ほんとだってば」

「嘘だなんて誰も言ってないさ」

「その口調がもう『嘘』だって言ってるよ」

「そりゃ、すまなかったね。俺はエープリール・フールに生まれたもんだから、つい疑い深くなっちまうんだよ。自分が生まれたことさえ、いまだに親父とお袋の出来の悪い嘘なんじゃないかと疑ってるぐらいなもんでさ」

ほんとに？　と目で早樹に訊くと、彼女がほんとよ、と目で答えてくれた。なあ？　と関口が目を広げて、それからにやりと笑った。

みゆきと静流は、ぼくらから少し離れたテーブルに座り、二人で例のカラフルな小物を並べて何だか楽しそうだった。静流は白浜や関口を苦手にしていて、みゆきもそれに気付いていたから、彼女を無理矢理このグループに引き込むことはなかった。

「なんなんだろう？　あのマーブルチョコみたいなの」

ぼくが誰とはなく訊いてみると早樹が教えてくれた。

「スワロフスキー・ビーズよ。あれでチョーカーみたいなアクセサリーをつくるの」

なんか少し意外だった。みゆきはとても大人な女性で、手作りのアクセサリーよりは、よほど高価なジュエリーが似合いそうだったし、静流は、もう端《はな》っから自分を飾ることなんかには興味がなさそうだったから。

「ローズクォーツとかアメジストのパワーストーンを入れて、彼女たちはそこにちょっとした意味を持たせたりもしてるわね」

「パワーストーン?」

「うん。ほら、人間て昔から天然石には神秘的な力があるって信じて来たじゃない。水晶は魔除《まよ》けになるとかね」

「うん」

「だから、いろんな願いを込めて女の子たちはアクセサリーにパワーストーンを使うわけ」

「願い? 彼女たちは何を願ってるわけ?」

早樹は二人を見遣《みや》り、少し考えるように間を置いてからぼくに言った。

「愛よ」

その瞬間、3人の男たちの心臓が同時にドンッと太鼓のような音を立てた。もちろん聞いたわけではないから、それは修辞的太鼓が立てた修辞的響きだった。

「アイって」と白浜が珍しくうわずった声で言った。

「あのアイ・ラブ・ユーのアイかい?」

白浜の言葉に早樹がけらけらと笑った。

「英語学科の人間がそんなこと言わないでよ。アイ・ラブ・ユーのアイは『私』って意味でしょ?」

「だから、そのラブの愛か? ってことだよ」

ええ、そうよと早樹は笑いながらうなずいた。

「ローズクォーツもアメジストも、基本的には愛の力があるって言われてるわ」

ひゃー、と関口が奇妙な声を出した。

「みゆき姫もやっぱりお年頃ってわけだ」

「そうね」

「早樹は何か聞いてるのか?」

関口の言葉に、彼女の笑みが固まった。

「さあ」と彼女は素っ気なく言った。

「彼女、そういうことに関しては秘密主義なの」

ふん、と関口は鼻を鳴らした。

「だろうな」

で? とさらに続け、

「あの小さなお嬢ちゃまは、何を願ってるんだろうな?」

ぼくが見ると、そうだよ、お前に訊いたんだよという顔をした。

「知らないよ。彼女、そういうことに関しては秘密主義なんだ」

「あ、そう」

もちろんぼくは知っていた。だから、ドンッと鳴った太鼓の音の半分は、彼女が鳴らしたようなものだ。

どうしてこんなぼくを? と思わずにはいられない。静流に思いを打ち明けられてから、ゆうに150回ぐらいは繰り返してきた自問だ。きっとこんな冴《さ》えない男を好きになるような女性は世界で静流ただ一人だろう。それが分かっているのに何故、ぼくは彼女の思いに応《こた》えることが出来ないんだろう?

あまりに融通の利《き》かない自分の心が嫌になる。

「ねえ、どうでもいいんだけど」と由香が言った。

「なんか臭わない?」

ぼくはそっと席を立ち、その場から離れた。

*

ひとたび互いのスタンスを確認し合うと、ぼくらは、ある種の平衡状態に落ち着いていった。ぼくはみゆきが好き。静流は誠人が好き。二人の思いは当面何処《どこ》にも行き場はなかったから、思いは思いとして、ただそこにぽつんと据え置かれることになった。

結構目に付く場所にあったので、ぼくらは時折それを眺め回し、お互いに疑問を投げかけたり、小さなコメントを加えたりした。

「なんでみゆきさんのことが好きなの?」と静流は訊いた。

「分からない」とぼくは答えた。

「理由なんて無いよ」

「そんなの変じゃない。何か理由があるはずよ」

じゃあ、とぼくは言った。

「静流は？　静流はなんで、その、ぼくのこと――」

彼女は眼鏡の奥で大きな目をしばたたかせた。

「そういえば、なんでかしら？」

「自分で言うのもなんだけど、ちょっと趣味が悪いと思うよ」

「そうでも無いんじゃないの？　外見だって見苦しいところはどこにも無いし、いつも清潔にしてるし、あんまりセンスがいいとは言えないけど、着ている服だってあなたに似合ってるし」

いつも幼稚園児が着るようなスモックばかり身につけている静流に、服のセンスのことは言われたくなかった。スモックは彼女にとても似合ってはいたけど。

「欲張りじゃないし、意地悪でもないし、自己中心的でもない」

彼女が続けた。

「それに優しいし」

「それって、好きになる理由なのかな？」

ぼくが言うと、彼女はまた考え込むような顔になった。鼻を啜《すす》り、眼鏡の位置を直し、唇を舐《な》めた。

「あなたといるとリラックスできるのよ」

彼女は言った。

「心が安らぐの。気持ちがいいのよ」

それならぼくも同じだ。静流といるとリラックスできる。心が安らぐ。気持ちもいい。みゆきの前だとぼくは、落ち着かないし、不安だし、ときには自己嫌悪に陥ることさえある。けれどぼくは彼女に恋してる。これこそが恋だと思う。自分ではどうにもならない衝動。

「私、あなたが初恋なの。きっと人より成長が遅いから、いまようやく思春期が訪れたのね」

「初恋なの？」

「そうよ。だからこういうことに慣れていないのよ。どうしたらいいと思う？」

思う？　なんてぼくを見つめられても困る。だいいち、そんなことを片思いの相手に訊くものなのだろうか？　ぼくなら訊かない。もっと密《ひそ》やかにこっそりと仕舞っておく。

「思うんだけど」とぼくは言った。とりあえず一般論や社会常識にすがることにする。

「こういうのっておかしいよ」

「こういうのって、どういうの？」

「その、ぼくらのことさ」

自分がひどく間抜けで散文的な人間になったような気分になる。

「ぼくは静流といるのが好きだから、つい甘えて流されちゃうんだけど、これって良くないよ」

静流は黙ってぼくを見ている。それで？　と目で先を促す。

「なんかその気もないのに思わせぶりな態度をとる男みたいで、すごく心苦しいんだよ。不誠実でさ、静流の気持ちにつけ込んでいるみたいで嫌なんだ」

口に出してみるとどことなく嘘臭い気もしたけれど、やっぱりこれが真実なのだろう。

「じゃあ、こういうふうに考えたらどうかしら?」

静流はおでこの下からぼくを見上げ、愛らしく微笑んだ。ぼくはわけもなく身震いする。

「あなたは、つまり罪の意識を感じているわけよね?」

「そういうことになるのかな」

「それはきっと苦しいことなのね?」

「多分」

「ところが、私はあなたと一緒にいるのが楽しいの。苦しいのはあなたで、楽しんでいるのは私。ならば、つけ込まれているのは誰で、不誠実なのは誰?」

「あれ?」

静流がくすくすと笑った。

「このままでいましょう。ね?」


またある時は静流がこんなふうに言ったこともあった。

「恋って不思議な感情よね」

その一言に、ぼくは少し緊張する。

「それまでは、世界の中心はここ」と言って静流は右手で自分の頭頂部を指さした。

「――――にあったんだけど、好きな人が出来ると、その軸がすっと相手の方にシフトしていく感じ」

その相手とはもちろんぼくのことだけど、彼女はときおり、こんなふうにここにはいない誰かのことのように言うことがあった。

「あなたも？」

それは純粋な問い掛けで、遠回しにぼくを非難しているという感じではなかった。彼女はいつでもそうだった。彼女はぼくの片思いをきちんと尊重してくれていた。

「わかるよ」とぼくは答えた。

「そんな感じだよね」

こんなとき、ぼくは思い切り腰が引けて、中身の薄い言葉しか口に出来なくなる。

「ちなみに」とぼくは言った。

「いつからそんな感じになったの？」

それすらも無神経な質問のように感じて、ぼくはすぐに後悔した。しかし彼女はぼくが気にするほど気にしてはいない。そのことをぼくは、徐々に学びつつあった。

「きっと初めて会ったときから」

彼女が言った。

「あの横断歩道で声を掛けてくれたでしょ？」

「うん」

「あのとき、すーっと私の中心軸が誠人に引っ張られちゃったのね」

彼女はそう言って自分の言葉にうなずいた。

「うん、そうなの。そうとは気付いていなかったけど、きっとあの日から」

人の運命をそんなふうに変えておきながら、当の本人は全く気付いてもいなかったというのも不思議なことのような気がする。こんなことでいいんだろうか？　ぼくがイメージしたような赤や青の矢印が実際にみんなの頭の上にあったらこんな無責任なこともなくなるのだろう。『秘められた思い』というのは、一種の矛盾語法となる。もちろん、そのときはぼくの12回の片思いも無理矢理白日の下に引きずり出されてしまうのだけれど。

*

3年生も秋学期をある程度過ぎると、インターシップやらセミナーやら就職活動にまつわるイベントが徐々に日課に組み込まれていくようになる。英語学科の学生の多くが外資系企業や大手企業の海外事業部を目指していたから、即戦力となるためにも日常会話レベルの語学力は必須だった。だからキャンパスでの授業が終わるとみんな次の講義を受けずにベルリッツやアテネ・フランセに通うようになる。白浜も関口も早い時期からベルリッツでビジネス英会話のプログラムを受講していた。

「誠人はどうすんだよ？」

関口が訊いた。

「ずいぶんのんびり構えているよな」

「ぼくはカメラを仕事にするよ」

「カメラ？　DPEショップでアルバイトか？」

彼のユーモアは少し歪《ゆが》んでいるが、慣れてくると気にならなくなる。

「違うよ。小さな出版社に入って、カメラマン兼ライターになる」

「へえ。あてはあるのかよ？」

あてはあった。零細と言っていいほど小さな会社だったが、旅の月刊誌を出している出版社が来年度も3名ほど新入社員を募集するとその雑誌の片隅に載せていた。昨今の旅ブームで人手が足りなくなったらしい。おそらくそれなりの競争にはなると思ったけど、カメラを使えて、しかもそこそこの文章が書ける人間（ぼくのことだ。実は大学生を対象とした旅の随筆の公募で、ぼくは次席を獲得していた。なにも四六時中臭いを気にしたり、脇腹を掻いたりしてたわけじゃなく、こういった知的な活動もきちんとしていたのだ）は、そんなに多くはないはずだったから勝算はあった。しかも白浜や関口ほどではないにせよ、ぼくだって英語はきちんと勉強してきたのだ。きっと海外取材の時には役に立つと思う。

と、いうようなことを関口に言ってみた。

ほう、と唸《うな》って彼は目を細めた。

「そりゃいいや」

「そう思う？」

「思うさ。人間自分が好きなことを仕事に出来りゃあ、それは幸せだもんな」

彼は頭の後ろに手を組み、背中を反らした。

「結局、得意なものは勉強だけっていう人間は、たいしておもしろくもない人生を送ることになるのかもな」

「何か好きなこととかないの?」

「映画は好きさ。俺は映画を楽しむことが大の得意なんだけど、ただそれだけなんだよ。作れるわけでも評論出来るわけでもない。もし、プロの観客っていうのが仕事であったら、そこに就職したいもんだね。優良社員になるぜ」

「それいいね」

ぼくが言うと、関口は苦々しい表情でうなずいた。

「でも、やっぱりそれって金をもらうんじゃなくて払ってすることなんだよな」

たしかに。


「静流は?」とぼくは訊いてみた。

「就職のことは考えてるの?」

「まだ何も」

彼女は自分が撮った写真の仕上がりを熱心にチェックしていた。

「でも、やっぱり写真の仕事が出来たらなあって、最近思うの」

「じゃあ、ぼくと一緒に――」

「それは無理よ」

彼女はかぶりを振った。最近少し伸ばし始めている髪が軽やかに揺れた。

「それは無理」と彼女は繰り返した。

「あなたは中学の頃からずっと写真を続けて来たけど、私はまだほんの初心者よ。何の実績も無いし……」

じゃあさあ、と言って、ぼくは手近に置いてあった写真雑誌を拾い上げた。机の上に置き、ページを広げる。

「コンテストに応募してみようよ」

「コンテスト？」

「そう、実績を作るんだ」

そのアイデアには彼女も乗り気になった。雑誌に掲載されていた様々なコンテストをチェックして、ぼくらは比較的自分たちに向いていそうなアマチュア向けのものをリストアップしていった。その中でも特に大手フィルムメーカー主催のコンテストが、規模や期日からいって一番狙《ねら》い目だと感じた。

「誠人は？」と静流が訊いた。

「いままでにコンテストに応募したことはあったの？」

「それが一度も無いんだ。なんか自信が無くてさ」

「大丈夫よ」

静流は言った。

「誠人の写真てすごくいいもん。きっと入賞出来るわよ。そんな気がする」

「そうかな?」

「うん、きっと」

そしてぼくらは、その日からコンテストに応募するための作品に取り掛かり始めた。まわりの人間が就職に向けて着々と準備を進める中、静流とぼくの二人だけが被写体をもとめ、街や森をひたすら歩きまわる日々を送っていた。

*

静流が「現代アメリカ文学」の講義を休んだ。休んだといっても、もともと履修している科目ではなかったから、ただ現れなかったといったほうが正しいかもしれない。

「彼女どうしたの?」

久しぶりに隣に座ったぼくにみゆきが訊いた。

「知らない。ぼくも今日は会っていないんだ」

「このあと一緒にビーズショップに行く約束してたのに」

「そうなんだ……」

静流が誰かとの約束を黙って破るというのは、ぼくが知っている限りでは初めてのことだった。

「風邪《かぜ》でもひいたのかな?」

「かもしれないわね。彼女携帯電話持ってないわよね?」

「持ってないよ。自宅の電話番号も聞いたことがないし」

「じゃあ、確かめようがないわね」

「この講義のあとに来るかもしれないよ」

「ならいいけど」

そう言いながら、彼女は無意識のうちに自分の腕にはめたビーズのブレスレットに触れていた。

「それ」と言って、ぼくは彼女の手元を指さした。

「静流と一緒に作っていたやつだね?」

「ええ、そうよ。可愛《かわい》いでしょ?」

「うん。そこに付いている石はアメジスト?」

「そう、よく知ってるのね」

「早樹に聞いたんだ」

ぼくは少し迷ったあと、思い切って訊いてみた。

「その石には力があるって早樹が言ってたけど?」

みゆきはふっと顔を上げ、ぼくの鼻のてっぺんの、さらにその5センチぐらい先の空間を見つめた。

「あらあら」と彼女は言った。

「そんなことまで聞いちゃったのね」

「うん、そうなんだ」

みゆきは長い髪をかき上げ、それからおどけるように小さく首を揺らした。

「そうよ」

なんと、と言って彼女はブレスレットをはめた左手を掲げた。

「この石には愛のパワーが秘められているのです」

彼女らしくない物言いは明らかに照れ隠しだった。

「私も夢見るお年頃ですから」

照れ隠しでおどけて見せた自分の姿にさらに恥ずかしくなったのか、彼女はそのまま押し黙り、机の上に視線を落とした。

彼女が気まずい思いをしてると思うと、ぼくまでもが気まずい気持ちになった。

「ええと……」

とりあえず、ぼくはそう口にしてみた。

「なに?」

「その、あれかな? パワーの効果って、結構すごいのかな?」

何故か遠ざかるどころかさらに核心に向かう言葉になってしまった。

わからない、と彼女は言った。

「いまのところは」

「そう?」

「ええ」

彼女はうなずき、またブレスレットに右手の指を添わせた。

「ほら、別に私具体的な何かを望んでいるわけじゃないから」

「そうなの?」

「そうなの。ただ、ぼんやりとね、愛について考え始めたところだから」

「じゃあ、いままでは?」

「うん。なんか駄目だったの。そういうの苦手だったの」

「意外だな」

「そうかしら?」

「だって、みゆきならきっといくらでも——」

「でも、大事なのは私の気持ちでしょ?」

「たしかに」

ということは彼女はこの歳《とし》になるまで、まだ誰ともつきあってこなかったということになる。意外だと口にしてはみたけど、実はそんなに意外なことではないのかもしれない。どんなに魅力を備えていたって、そのことを逆に持て余し困惑している女の子だっているかもしれない(たしか、リチャード・ブローティガンが、そんな女の子がでてくる話を書いていたような気もする)。雨のように降りかかる男たちの有言無言の求愛は、彼女たちにとっては、文字どおり雨のように煩《わずら》わしいものでしかないのだろう。

それにしても、この事実は少しぼくを勇気付けることになった。

まず第一に、彼女は現在誰ともつきあっていない。ぼくが推察したとおり、彼女の頭の上にはまだ矢印は引かれていなかった。

第二に、彼女は恋愛未経験者だ。ということは、経験にもとづく比較というものをしない。ということは、未経験ゆえの恋愛下手《べた》のぼくだって、すくなくとも百戦錬磨の誰かと比べられて溜息《ためいき》つかれる心配はないのだ。これは大いに励みになる。

ぼくは勢いづいてさらに訊いてみた。

「何で今になって?」

「何が?」

「その、ほら、考え始めたって——」

彼女に向かって「愛」という言葉を口にするのは、何故かトランクス1枚の姿を見られるよりも、もっと恥ずかしいことのように思えた。まあ、どんなトランクスかにもよるけど。

「静流に影響されちゃったのかな」

何気ない言葉だったけど、そしてぼくも何気ない言葉を聞いたようにうなずいたけど、実際にはそれどころではなかった。あまりにびっくりしたので、驚くのを忘れたぐらいだ。

「彼女、好きな人がいるんですって」

へえ、そう、と言ったつもりだったが、声は出ていなかった。ただ、惚《ほう》けた顔でじっと彼女の肩口を見つめていた。

「私ずっと彼女は誠人のことが好きなんだって思ってたのよ」

ぼくの胸にぱっとクエスチョン・マークが点灯し、それがエクスクラメーション・マークに変わった。ああ、そういうことか……。

「でも違ってたのね。以前からずっと好きだった人がいるんだって言ってた」

あなたも知っていたんでしょ？　と少し探るような間があった。言ってしまってから、しゃべり過ぎたことに気付いたような。

「そうみたいだね」

ぼくが言うと、彼女は安堵《あんど》したように肩の力を抜き、先を続けた。

「彼女のそういう気持ちを聞かされていたら、なんか、いままで頑《かたく》なになっていた自分が嫌になっちゃって」

「なるほど」

「だから」と彼女は言って、もう一度左手を掲げて見せた。

「アメジスト」

ぼくらは同時にそう言って、笑い合った。

何だろう？　ぼくの胸に差す痛みのわけは。

初めぼくはすごいショックを受けた。彼女たちが親しくしているのを見てはいたけど、そんな立ち入った話までしているとは知らなかったからだ。「静流に影響を受けた」と聞いたぼくは、彼女がぼくに寄せる思いをみゆきに語って聞かせていたのだと思った。その瞬間にいろんな考えが頭の中を忙《せわ》しなく駆け巡った。そして、とにかくこれはぼくの片思いの危機であると感じた。まずい！と思った。

ところが彼女は——静流は、みゆきに嘘を語っていた。思いは本当だとしても、その相手を偽って語っていた。

事実を話すことが恥ずかしかったから？　そうかもしれない。でも、静流のことをよく知っているぼくならもっと別の理由を挙げる。

つまり、それはぼくの為《ため》だということ。ぼくのこのささやかなる片思いを気遣って、彼女は嘘をついていたんだ。

ここまで、思考を巡らせてきて、やっと分かった。

なるほど、それがこの胸の痛みのわけだったんだ。

静流の思いやりが胸に痛かった。

ずきずきと、そして時にひりひりと。

授業が終わると、みゆきが心配そうな声音でぼくに言った。

「やっぱり来なかったわ。どうしたんだろう?」

「そうだね」

「心配だわ」

「どうすれば分かるかな?」

そこでぼくらは学食にいる彼女たちに会いに行った。

縦に長い子と横に広い子。佳織と水紀の二人。ぼくはいまだにどちらがどちらなのか知らなかった。

「こんにちは」

みゆきが声を掛けると、二人はおしゃべりをやめ、ぼくらを見上げた。無言のまま次の言葉を待っている。

「今日、静流に会わなかった?」

二人同時に首を振った。

「会ってないわ」と長い子が言った。

「私も」と広い子が言った。

「学校休んでいるのかしら? あなたたちも同じフランス語学科よね?」

「そうだけど」と長い子。

「でも、知らない」と広い子。

「連絡とれないかしら?」

「無理ね」

「無理よ」

「どうしてなの?」

「静流、携帯電話持ってないし」

「それに自宅に電話されるのすごく嫌がるから」

「知らなかった。何でかしら?」

二人は顔を見合わせ、それから長い子が言った。

「お母さんがちょっと変わっているの」

「すごく変わっているの」と広い子。

「ほんとのお母さんじゃないの。後から来たお母さん」

「嫌な人」

「そうなの?」

「そうよ。家に電話を掛けた友達にひどいこと言うの」

「だから、静流は誰にも家の電話番号教えなくなったの」

「ちょっといい?」とぼくは割り込んだ。

「ほんとのお母さんじゃないって、じゃあ、ほんとのお母さんは?」

「死んだって聞いたわ」

「病気だって。静流が子供の時に」

知らなかった。彼女はそんな話一言も言ったことがなかった。それを言えば、彼女は自分にまつわる話をほとんどしたことがなかった。

それにしても、これで早くも手詰まりになってしまった。自宅の場所を彼女たちに教えてもらい訪ねてみるというのも、母親の話を聞いた後では、あまり良い考えとも思えなかった。

どうしたらいいのか思案を巡らせていると、再び彼女たちが口を開いた。

「気にしなくても」と長い子が言った。

「そう、明日には来るわよ」と広い子。

「大丈夫よ」

「そう、大丈夫」

彼女たちはそう言ってうなずき合っていた。

仕方なく、ぼくらは二人に礼を言って、その場を後にした。

「待つしかないみたいね」

みゆきが言った。

「うん。さっきも言ったけど、多分風邪かなんかだと思うよ」

「そうね。風邪じゃ電話も掛けられないものね」

「うん」

それからみゆきは少し考えるように空白を置いてからぼくに言った。

「知ってた?」

いいや、とぼくは答えた。

「知らなかったよ。考えてみたら、ぼくは彼女のことほとんど何も知らないんだ」

「私もよ。なんでかしら? それなのに、すごく良く知っているような気持ちになっていたの」

「そんな感じの子だよね、静流は」

「ええ」

みゆきは小さくうなずき、そして言った。

「もっともっと、本当の意味で知り合ってゆきたいわ」

「そう?」

「ええ」

だって、とみゆきは言った。

「私、彼女のことが好きなんだもん」

*

次の日も静流はキャンパスに現れなかった。みゆきは動揺し、自宅に行ってみると言い出した。

「もうちょっと待ってみようよ」

ぼくはそう言って彼女を制した。

「風邪は1日じゃ治らないよ」

「でも――」

「もう1日だけ」

みゆきは唇を嚙《か》み、そして神経質そうな仕草で左手のブレスレットに触った。

「そうね」

彼女は言った。

「じゃあ、あともう1日だけ待ちましょう」


けれど、もう1日待つ必要は無かった。

夕方、アパートに帰ってみると、階段の下に静流がいた。

「ハイ」と彼女が右手を挙げた。

ぼくは走り寄り、彼女に言った。

「何してたんだよ？　ぼくら心配してたんだぜ」

「ぼくら？」

「ああ、そうだよ。ぼくとみゆき」

そうか、と彼女は表情を沈ませた。

「気にはしてたんだけど、彼女の電話番号知らなかったのよ」

ぼくと静流は二人して電話という存在を嫌っていた。そして、この国で携帯電話を持たない最後の大学生になろうと心に決めていた。そんな二人だったから、周りの人間の電話番号を覚えようという努力は最初から放棄していた。

「それに昨日はちょっと忙しかったから」

「忙しい？」

「そう。1日中部屋探ししてたの」

「実家を出るの？」

ううん、と彼女は首を振った。

「出るんじゃなくて、追い出されちゃったの」

部屋に入り、ダイニングのテーブルに落ち着くと、ぼくはその先を訊《たず》ねた。

「それで？」

「それで、って？」

心なしか静流は疲れているように見えた。身を包むスモックの中で、彼女はさらに小さく縮んでしまっているような印象を受けた。

「追い出されたって？」

「ああ、そうね。そうよ、追い出されたの」

「あの」とぼくは言った。

「それは、あとから来たっていうお母さんに?」

彼女は驚き、眼鏡の向こうで目を見開いた。ほとんどレンズ一杯に目が広がった。

「何で知ってるの?」

彼女の驚き方に驚いて、一気に気後れしてしまった。ぼくは、口の中でぼそぼそと答えた。

「その、あれだよ。静流の友達に聞いたんだ。縦に長い子と横に広い子」

ああ、と彼女はうなずいて、少し険しい表情になった。

「佳織と水紀ね」

「そう、彼女たちに聞いたんだ。昨日、静流が来なかったんで連絡先を訊きに行ったときに」

「他に何か言ってた?」

ぼくはすぐさま首を横に振った。何かを言っていたかもしれないが、もう忘れてしまった。もう、忘れることにした。

ふーん、と彼女は言って、何かを量るような目でぼくを見た。ぼくは自分の中の何かが数値に置き換えられるのを感じた。たとえば誠実値65みたいに。

「そうよ」と彼女がしばらくしてから言った。

「お継母《かあ》さんに追い出されたの」

「ケンカでもしたの?」

彼女は肩を竦《すく》めた。

「言いたくない」

「うん」

ぼくもそれ以上無理に訊くつもりもなかった。

「それで、部屋は見つかったの?」

話題を変えると、彼女の表情も変わった。

「だめ、全然見つからないの」

「値段が折り合わないとか?」

「そうじゃないの。私がどうも信用されないみたいなのよ」

すぐにその意味は理解できた。実年齢に遠く及ばない姿の彼女がアパートを借りたいと不動産屋に申し出ても、なかなか本気で相手にはしてもらえなかっただろう。

「学生証とかは見せたの?」

「もちろん見せたわ。でも、だめだった。手製のカードにプリクラ貼《は》って作ったとでも思ったのかしら?」

「ああ、そうかもね」

彼女は、ふんと鼻を鳴らした。それから慌ててティッシュで鼻をかんだ。

「ひどいよね? だいたいいつでもこうなんだから」

「そう?」

「そうよ」

彼女はかみ終えたティッシュをスモックのポケットに仕舞った。

「ねえ、子供の頃を思い出してみて」

「うん」

「あの頃は、まだ小さくて、ドアのノブに手が届かなかったり、生け垣の向こうに何があるのか見えなかったり、そんな思いを一杯したでしょ？」

「そうだね」

「私はそれがいまだに続いているの。現実にも比喩《ひゆ》的にも」

「つらいね」

「ええ、人生の4分の1を過ぎてもまだ子供チケットのままなんて、割に合わないわ」

「たしかに」

女性は誰だって若い姿のままでいることを願うけど、それにだってやはり限度というものがある。彼女は明らかにその限度を超えていた。

「それでね」

やがてずいぶんと大人しい口調で、静流が切り出した。

「あなたにお願いがあるんだけど――」

彼女が何を言おうとしているのかは分かったし、それが言い出しづらい事柄であることも分かっていたから、ぼくは聞く前にうなずいて見せた。

「いいよ。幾《いく》らでも好きなだけいいなよ」

「ほんと？」

彼女の表情がぱっと明るくなった。

「うん。どうせこれまでだって、この部屋に入り浸っていたんだし、朝まで暗室に籠《こ》もることだってあったんだから、そんなに変わらないよ」

「ああ、よかった」

そう言って彼女は胸に手を当てた。

「断られたら行くとこ無かったの」

「夕べはどうしてたの?」

「ビジネスホテルに泊まったの。でも、それだって結構苦労したのよ」

「子供チケットだから?」

「そう、子供チケットだから」


それから彼女はみゆきに連絡を取りたいと言って、近所のコンビニエンスストアーにでかけて行った。みゆきの電話番号は、昨日彼女からメモを渡されていた。

実はぼくの部屋にも電話機は置いてあったが、回線が料金未払いのために止められていた。どう せ繋《つな》がっていても、ぼくから掛ける相手はいなかったし、掛けてくるのは母さんぐらいなものだったから、たいして必要とも思っていなかった。もともと電話の存在そのものを嫌っていたぼくにしてみれば、この黒い塊が死んだことで、やっと心の平穏を取り戻せたといった感じだった。それでも時折、ほんとに死んでいるのか気になって、棒の先でつついてみたくなる時もあった。

静流は30分ほどして、ずいぶんといろいろ買い込んで帰ってきた。

「みゆきは何だって?」

「うん、すごく心配してたって。悪いことしちゃった」

「それで、何て言ったの?」

「風邪だって」

「風邪?」

「そう。みゆきが風邪? って訊くから、そうなのって答えちゃった」

静流はテーブルの上に買い込んだものを並べながら言った。

「だって、ほんとのことは言えないでしょ?」

「うん」

「だったら、こう答えるのが一番良かったのかなって」

「そうだね」

テーブルの上には肉のパックやら野菜やら、さらにはワインやら、ずいぶんと賑《にぎ》やかに並べられていた。

「こんなにどうしたの?」

「パーティーよ」

「パーティー?」

「そう、私たちの同居記念パーティー」

というわけで、静流が料理の腕をふるうことになったが、それは新鮮な驚きでもあった。彼女はうちに来ても相変わらずドーナッツビスケットばかり食べていた。それが、自分で料理を作って一緒に食べるというのだから。

「料理なんか作れるの?」

「作れるわよ。自分の家では、やってるもの」

見事な手さばきで包丁を使う彼女は、まるで彼女じゃないみたいだった。この時の静流は不器用な印象からはほど遠く、まるで「模範的ハウスキーパー」の小さなサンプル品のように見えた。

「新しいお母さんが来るまでのあいだ、私が家事をやっていたから」と彼女は言った。

「これだけは得意なのよ」

ありふれた素材が彼女の前を通り過ぎていくうちに、見たことも聞いたこともないユニークな料理に仕立てられていく。「ほうれん草のソテー、オーロラ風」だとか「スカンジナビアの森のフリット」だとか、オリジナルな彼女が作る料理もそうとうにオリジナルだった。

準備が整うと、ぼくらはテーブルに向かい合って座り、ワインのコルクを抜いた。

「お酒は飲めるの?」

ぼくが訊くと、彼女はにっこりと笑った。

「大丈夫よ、多分」

「多分?」

「初めて飲むの。でも大丈夫なような気がする」

急に不安に駆られたが、せっかくのパーティーなのだからと、とりあえず二人のグラスを合わせた。

「チャオ」と彼女が言った。

「チャオ」とぼくも応《こた》えた。

チリンと音がして、二人だけのささやかなパーティーが始まった。

彼女が猫のようにピンク色の舌を出し、ペロッとワインを舐《な》めた。驚いたような顔でぼくを見る。

「おいしい！」

「そりゃあ、おいしいよ」

「お酒って、もっと不味《まず》いものだとずっと思っていたわ」

「白ワインは特に口当たりがいいからね。飲み過ぎないように気をつけなよ」

「でも、ジュースみたいよ？」

「すぐに分かるよ」

ワインの次にぼくらは料理に取り掛かった。

まずは、「ほうれん草のソテー、オーロラ風」を口に入れてみた。

静流がじっとぼくの顔を見ている。ぼくはゆっくりと味わった後、大きくうなずいて見せた。

「うん、すごくおいしいよ」

静流はぼくの鼻先に指を伸ばし、そこにある空気を摑《つか》むような仕草を見せると、その手を自分の胸にそっと当てた。

「何？」

「あなたの言葉がうれしいから」と彼女は言った。

「捕まえて私の胸に仕舞ってるの」

そんなことで喜んでくれるならと、ぼくはそれから「美味《おい》しい」を何度も連発した。でも、本当に彼女の料理は美味しかった。

名前こそ奇抜だったけど、彼女の料理はどれも懐かしい家庭料理の味がした。

「でも何でオーロラ風なの？」

不思議に思ってぼくは訊いてみた。

「とくに意味は無いわ」

彼女は言った。

「あえて言えば盛りつけかしら。何となくオーロラっぽいでしょ？」

なるほど。

そして今度は彼女の番だった。サーモンのマリネをフォークで掬《すく》うと、ゆっくりと口に運ぶ。

その姿を見ていると、何故かぼくの胸がどきどきしてきた。

熱を帯びた視線に気付いた彼女が、頬《ほお》を桃色に染めながら言った。

「見ないでよ。恥ずかしいじゃない」

うん、と頷《うなず》いたけれど、ぼくは目をそらすことができなかった。

「ねえ、ほんとに」と彼女が言った。

「恥ずかしいんだってば」

「でも見ていたいよ」

「何で?」

「何でかな?」

「ただ、マリネを食べようとしているだけよ」

「それだよ!」

「それって?」

「マリネだよ」

ぼくは言った。

「静流が初めてドーナツビスケット以外のものを食べるところをぼくは見てみたいんだ」

「そうなの?」

「うん」

ぼくはテーブルの上に身を乗り出すようにして、顔を近づけた。

「さあ、食べて」

彼女は恥ずかしそうに俯《うつむ》き、しばらくフォークの先のマリネを見つめていた。それから、おもむろに視線を上げ、ぼくの目を見つめたまま、ゆっくりとマリネを口の中に入れた。

視線をつないだまま静かに咀嚼《そしやく》し、コクリと飲み込む。ぼくの胸に温かな歓喜がこみ上げてきた。

「すごいよ！」

ぼくは言った。

「やっぱり静流はまだ成長しているんだ」

「成長？」

「うん。だって、こうやってドーナッビスケット以外のものを食べられるようになったんだから」

「別に初めて食べたというわけではないわ」

「でも、ぼくの前では初めて食べた。それって成長しているってことだよ」

「そうかしら？」

「うん、赤ちゃんがミルクから離乳食に変わるように」

「私、成長してるの？」

「きっとね」

「だとしたらうれしい！」

「蒙古斑よさらば‼」

ぼくが高らかに宣言すると、静流も右手を掲げ声を上げた。

「柔らかなおっぱいよこんにちは‼」

言うまでもなく、ぼくらは立派な酔っぱらいだった。

二人ともまだグラス半分のワインも飲んでいなかったというのに。

宴《うたげ》が終わると、ぼくらはシンクに並んで食器を洗った。

「ああ、まだ目が回るわ」

「ぼくもだ」

「誠人もずいぶんお酒には弱いのね」

「うん、まだ慣れてないんだ」

「みたいね」

ぼくは彼女のために、ラックから電話帳を持ってきてシンクの足下に置いた。厚さが10センチぐらいはあったから、少しは足しになっただろう。

「でも、ちょっと罰当たりよね」

彼女が言った。

「何で？」

「だって、私の足の下に、何万人もの名前があるのよ」

「大丈夫」とぼくは言った。

「どうして？」

「だって、きみは信じられないくらい軽いからね。誰も重いなんて文句は言わないよ」

「そういうものなの？」

「うん、そういうものさ」

眠る時間が来て、彼女の寝る場所が問題となった。まさかぼくのベッドで一緒というわけにもいかない。

「これがいいわ」

そう言って彼女が指さしたのはダイニングの隅に置かれたビーンズクッションだった。名前のとおりライトグリーンのカバーで、中にポリスチレンのビーズが詰まったかなり大きなクッションだった。

「ほら」と言って、彼女はクッションの中央に丸くなって収まった。まるで繭《まゆ》に包まれた何かのサナギみたいだった。

「うん、寝心地いいわ。これにする」

「そんなんでいいの？　寝づらくない？」

「大丈夫よ。私、うちのベッドでもこうやって丸くなって寝てるから」

「じゃあ、毛布を持ってきてあげるよ」

肩まで毛布を掛けた彼女は、少しだけ皮から頭を出したソラマメのようにも見えた。

「オーケー、ここが私の寝室ね」

そしてぼくらは、それぞれの寝室で寝間着に着替えた。

ぼくのベッドがある部屋とダイニングはほとんど1室のように繋がっていて、仕切りの引き戸は外したままになっていた。だから、互いに背を向けて着替えてはいたけど、ぼくの正面の窓ガラスには彼女の姿がしっかりと映っていた。目を逸《そ》らそうと思ったのだけれど、つい好奇心でそのまま眺めてしまった。

この日の彼女はセージ色のスモックを着ていた。それを脱ぐと、下に着けていたのは白いコットンのキャミソールとショーツだけだった。下着姿になった彼女は、いつも以上に細く小さく見えた。女性らしいラインは何処《どこ》にもなく、全てがあまねく直線的だった。

もし、首の後ろにタグが縫いつけられていたら、そこには「ドーナツビスケット100％　サイズSSS」と書かれていたかもしれない。

彼女はトートバッグからオリーブグリーンの寝間着を取り出し頭からかぶった。けれど、それはいま脱いだスモックとほとんど区別が付かなかった。

ぼくは振り向き、いま初めて気付いたような調子で彼女に言った。

「それが寝間着なの？　昼間着ていたのと違わないように見えるんだけど」

彼女は腰の辺りの布地を両手でつまんで、じっと見下ろしていた。

「そうかしら？」

そう言って顔を上げた。

「でも、これメイド・イン・イングランドのナイティなのよ。結構高かったんだから」

意外だった。もしかしたら彼女はこれでもお洒落《しゃれ》というものに気を遣っているのかもしれない。感覚が少しずれているとしても。

「もしかして、いつも着ている服も？」

ううん、と静流は首を振った。

「あれは、自分で縫っているの。私の体型って微妙にバランスが悪くて、既製服だと必ずどこかがきつかったり、余っちゃったりするのよ」

「きつい？　きついなんてことがあるの？」

「もちろんあるわよ。私みたいな小柄な女性向けに、ちゃんとマーガレットサイズとかチェリーサイズとかって売ってるのよ。でも、それでもやっぱりしっくりこないの」

「大変なんだね」

「それなりに」


ぼくは自分のベッドに収まるとダイニングの静流に声を掛けた。

「灯《あか》りを消すよ」

「チビ球は残しておいて」

「チビ球？」

「ほら、オレンジ色の小さいやつ」

「ああ、常夜灯のことか、いいけど」

「真っ暗だと怖いの」

ははっ、とぼくは笑った。

「子供なんだね」

彼女からの言葉は無かった。どことなくムッとしている空気が隣から流れ込んできた。

ぼくは手を伸ばし蛍光灯の紐《ひも》を引っ張った。彼女の言うとおり「チビ球」だけは残しておく。部屋は日が落ちる直前の夕焼け空みたいな色と明るさになった。

「ねえ」と彼女が言った。

「なに？」

「飲み残したワイン」

「うん」

「隣の暗室に置いたらどうかしら？」

「どうして？」

「ほら、もっと熟成するかもしれない」

「でも、もう空気に触れちゃったから」

「駄目なの？」

「多分」

「残念ね」

それからまた、しばらくしてから彼女が「ねえ」と言った。

「なに？」

「眠れないの」

「ぼくもだよ。きっとワインのせいだ」

「ああ、そうか……」

「寝心地はどう?」

「大丈夫よ。すごく落ち着く」

「なら良かった。寒くはない?」

「へいき」

「うん、おやすみ」

「おやすみなさい」

でも、ダイニングからは彼女がビーンズクッションの中でごそごそと動き回る音がずっと聞こえていた。鼻を啜り、はあっ、と溜息《ためいき》をつく。

「なに?」

ぼくが訊くと、すぐに彼女が答えた。

「何も言ってないわ」

「でも、はあっ、って」

「うん。まあ、いろいろ考えてるのよ」

「そう?」

「そうなの」

それからもう一度溜息があり、それに沈黙が続いた。

「ねえ」と彼女が言った。

「なに?」

「『なに?』って訊かないの?」

「いま訊いたよ」

「そうじゃなくて」

彼女が焦《じ》れたように言った。

「私、はあっ、って溜息ついたじゃない」

「ああ、そうだね。で、なに?」

「私が追い出された理由」

「ああ、でも別にいいよ。言いたくないんなら」

「うん、でもやっぱり言っておく」

「なら、どうぞ」

大したことじゃないのよ、と静流は言った。

「ちょっといろいろ言われて頭に来たから、彼女の日記をね」

「盗み読みしたの?」

ううん、と静流は言って、「読みたくなんかないよ」と続けた。

「きっと私の悪口がいっぱい書いてあるから」

「そんなに?」

「うん。仲が悪いの」

なんとも言いようがなく、ぼくは黙っていた。

「でね」と静流はさらに続けた。

「その日記をお父さんの書斎の机の上にページを広げて置いといたの」

「うわっ」

「私だって、やるときはやるのよ」

「そのようだね」

「次の日の朝、お継母さんが私の部屋に飛び込んで来て、出て行きなさい！　って」

「だよね」

「でもね」と静流は言った。

「それって、お父さんに読まれちゃ困ることが書いてあったってことでしょ？」

「なのかな？」

「そうよ」

「お父さんはなんて？」

「あとで電話で話したけど、日記のことは何も言わなかったわ。ただ、まあ、これもいい機会だから、ちょっと外で暮らしてみなさいって。お金も援助するからって、それだけ」

「で、いまきみはここにいるわけだ」

「そういうことです」

「着替えとかは？」

「バッグに少しだけ。また、お継母さんがいないときを見計らって取りに行ってくるわ」

「うん」

とにかく、とぼくは言った。

「好きなだけいていいからね。別にアパート見つけなくたってかまわないし」

「じゃあ、一生ここにいる」

ぼくは思わず苦笑した。

「ぼくだっていつまでもいるわけじゃないよ」

「そうだけど……」

それから彼女は小さなあくびを漏らした。

「眠くなった?」

「みたい」

「じゃあ、今度こそおやすみ」

「ええ、おやすみなさい」

ぼくはまたベッドに横たわった。ダイニングからもポジションを整えるようなごそごそという音が聞こえてきた。それから間もなく、ズっ、ズっ、というひどくオリジナルな寝息を彼女は立て始めた。まるで、子供みたいな寝付きの早さだった。

首を傾けると、ダイニングの静流を見ることが出来た。毛布を鼻まで引き上げ彼女は眠っていた。クッションの中で小さく丸まっている彼女は、あまりに無防備で、どこか痛々しくさえあった。こんなぼくしか寄る辺とする人間がいなかったのだと思うと、なおさらいじらしく思えた。新しい家族なのか、迷い込んできた子犬なのかは分からないけれど、とにかくぼくは彼女を受け入れてしまった。天国の森でぼくは初めて自分に例外を許した。それが始まりであり、この状況はその帰結、あるいはそこに辿《たど》り着く過程のどこかということになるのだろう。

奇妙なことになってしまったという気持ちはあったけれど、それを少しも不快に感じていない自分にも気付いていた。それどころか、これはどこか心騒ぐ楽しい出来事ですらあった。友達が泊まりに来たことも、友達の家に泊まりに行ったこともぼくにはなかった。だから、自分の部屋で誰かの寝息を聞くというのは、とても新鮮な体験だった。静流のズッ、ズッ、というオリジナルな寝息は、ぼくの心を祭りの笛のように浮き立たせた。

明日からの彼女との生活を思い描き、遠足前の子供のようにわくわくしながら、やがてぼくは眠りに落ちていった。

*

朝も彼女は一緒に目玉焼きとウィンナーを食べた。二度目にもかかわらず、しらふにもかかわらず、やはりぼくは感動してしまった。

「なんだか不思議な気がする」

「私がドーナッツビスケット以外のものを食べてるから?」

「そうだよ」

「最近、ちょっと食欲が増してきたの。いろいろ食べてみたくなってきたのよ」

「いいことだね。なにより健康的だ」

「私はもともと健康的よ。病気とはまったく縁が無いの」

「うん、それでもさ」

「ええ、そうね」


ぼくらは一緒にアパートを出て、キャンパスに向かった。キャンパスまでは歩いて10分ほどの距離があった。

「誰かに見つからないかしら?」

彼女は少し不安そうだった。

「ここは駅とは逆方向だから、ほとんど学生はいないよ」

「なら、いいけど」

それでも彼女はキャンパスに近付くと離れて歩くようになった。よくよく考えてみれば、同居が発覚して都合が悪くなるのは、ぼくのほうなのに、彼女はまるで自分のことのように心配していた。いっそのこと、自分からみんなにばらして、ぼくの片思いに終止符を打たせるという手段だって取れただろうけど、彼女はそんなことは夢にも思っていないようだった。

*

キャンパスではいままでと変わらない日々が続いた。

みんなはますます就職の準備に忙しくなってゆき、ぼくらはますます写真にのめり込んでいった。撮り溜《た》めたフィルムは相当な数になった。ぼくらは同居していることを幸いに、夜を明かして現像や焼き付けの作業に没頭した。小さなバスユニットに水洗いの終わったフィルムがクリップでいくつも吊《つる》され、しかたなくぼくらは近所の銭湯に風呂を使いに行くこともあった。

日々は楽しく、ぼくらはよく笑い、何で笑い合ったのか二人で思い出しては、またそれをネタに笑い合った。


あるとき、例の皮膚病が背中のちょうど肩胛骨《けんこうこつ》のあいだ辺りにできたことがあった。我慢できなくなるとぼくは彼女を呼んで、そこを掻《か》いてもらった。自分ではどうしても手が届かない場所だったから。

彼女の小さな爪《つめ》はちょうどいい感じにぼくの痒《かゆ》みを散らしてくれた。

「誰かがそばにいてくれることの良さは」とぼくは言った。

「こうやって手の届かないところを掻いてもらえることかもしれないね」

「現実にも比喩的にも?」

「うん」

彼女はイスラエル製のクスリの意味に薄々気付いていているみたいだったけど、あの最初の日以来、それをぼくに訊ねることは二度と無かった。


ぼくらは眠る前に、それぞれのベッドの中に収まったまままいろいろな話をした。

あるとき、彼女がそんなふうにぼくに訊いた。

「何であなたは写真を始めたの?」

「父さんからのプレゼントだったんだ」

ぼくは言った。

「13歳の誕生日にカメラを買ってもらった。それは一眼レフじゃなくて、初心者向けのコンパクトカメラだったんだけど」

その頃からすでに、ぼくは周りの人間とは距離を取り、一人で河原や近所の雑木林を歩き回るような日々を送っていたから、父さんもそれに気付いて、そんな息子に相棒をあてがってくれたのかもしれない。そのとき買ってくれたのがカメラではなく子犬だったら、ぼくのその後の人生もまた違ったものになっていただろう。もしかしたら、今頃は獣医を目指していたかもしれない。

「すごく嬉《うれ》しくてさ。いろんなものを撮りまくったな。雲だとか、交通標識だとか、トカゲだとか、捨てられた人形だとか」

「今と同じね」

「何が？」

「あなたは人を撮らないのね」

「そうだね。撮るのは静流ぐらいなもんさ。得意じゃないんだ」

「光栄だわ」

「そう？」

「ええ。あなたのたった一人の専属モデルってことよね」

「うん」

「もっともっといっぱい撮ってね。ヌードだって辞さない覚悟なんだから」

それはすごく慎重に扱うべき発言だった。気安く「うん」などと答えると、彼女は本当に服を脱ぎかねない危険があったし（危険て何だ？）、露骨に拒絶すれば、彼女の女性としてのプライドを傷つけてしまう。

「いつかね」とぼくは言った。

「お願いする時が来るかもしれない」

「いまはまだ撮らない？」

「うん、いまはまだ撮らない」

「被写体として貧弱だから？」

「いや――」

何て答えよう?

「ほら、ぼくらのこのいい関係を続けるためにもさ」

「ただの友達づきあい。セックスは抜き?」

ジョン・ファウルズの『魔術師』の中の言葉だった。ぼくの本棚の中にあったのを彼女が見つけ、最近ずっと読んでいた。「この中に出てくるジョジョって私に似てない?」と本から顔を上げて彼女が訊いたことがあった。「ほら、鼻水を啜っているところが」ぼくは何も言わず、ただ笑っていた。

そしていまもぼくは何も言わず、オレンジ色の光の中で弱々しい笑みを浮かべていた。彼女の率直な言葉に、婉曲的《えんきよく》な回答を見つけることはとても難しかった。

「たしかに」とぼくは答えた。

「この同居をうまく続けていくためには、ぼくらは互いの性を忘れる必要があるんだと思う。いままでもそうやって来たし、これからも」

そうね、と彼女はいつになく大人びた声で言った。もともとハスキーな声質だったから、こうやって静かに話すと、すごく大人っぽく聞こえた。

「それが私の望んだことなのよね」

じゃあ、と彼女は言った。

「残念だけど、ヌードはお預けね」

「うん」

「だって、誠人がつい理性を失っちゃったら困るものね」

「うん、そうだね。自分をコントロールできるか自信が無いし」

はっ、はっ、はっと彼女が乾いた笑い声をたてた。私たちの冗談おもしろくないわね、みたいな笑い方だった。たしかに、少しもおもしろくなかった。そもそも冗談にすべきネタでは無かったのだ。


別の夜は。

「最近みゆきとおそろいのブレスレットをはめてるよね」

「ええ、彼女のはアメジストで私のはローズクォーツなの」

「どちらも愛の力を持つ石だ」

「そうよ。私たち、愛を乞《こ》う女なの」

「それを言ったら、まあたいていの女の子はみんな愛を乞う女だよね」

「そうね。それは男の人でも一緒でしょ?」

「うん。みんな求めてる。でもすれ違ってばかりいるね」

ビーンズクッションの中で静流が身じろぐ音が聞こえた。やがて彼女が小さく囁《ささや》くように言った。

「世界がもっと単純ならいいのに」

「どういうこと?」

「だから、私はあの人が好き、そしてその人も私のことが好き。それで成り立っているから難しいのよ」

「そうだよね」

「私はあの人が好き。それだけで成り立つなら、すごく簡単なことなのに」

「うん、ぼくもいつもそう思ってる」

「それなら、世界の恋は全て成就するわ」

「片思いの惑星?」

「そう」

彼女は柔らかな沈黙を置き、それから静かに言い添えた。

「その星でなら、私も誠人ももうこれ以上なにも望む必要もないのにね」

ぼくは言葉を返すことなく、ただじっと天井を見つめながら考えていた。ぼくの思い、静流の思い、そして誰もが手に持っているという、一人分の幸福について。

ねえ、と彼女が言った。

「この地球に暮らす私たちは、これから何処へ行こうとしているのかしら?」

もしかしたら静流だけが——この問いを発した彼女だけが、その答えを知っていたのかもしれない。

＊

「気付いてた?」とみゆきが訊いた。

英米事情の授業だった。いつものごとく、白浜や関口は自主休講だった。

「何を?」

「静流よ」

「静流が?」

「少し変わったわよね」

「そうかな?」

「なんか大人っぽくなった」

「髪が伸びたからね」

「それだけじゃないわ。なんか顔つきとか身体つきとかも、柔らかくなって」

「そうかな?」

「ええ、気が付かないの?」

気が付かなかった。

「まあ、誠人はそういうことに関しては鈍感だものね」

みゆきは髪をかき上げ、目を細めてぼくを見た。

「女性のことなんて、何も見てないんでしょ?」

「そんなことはないさ」

「じゃあ、知ってた?」

「何を?」

「今日が私の誕生日だってこと」

「えっ!?」

驚いて顔を向けた拍子に、目が合ってしまった。ずっとずっと直視することを避けていた彼女の目をまっすぐに見つめてしまった。そして、いまさらながらにぼくは気付いた。みゆきもまた一人の女の子なんだと。

いや、もちろんみゆきは女の子なんだけど、ぼくにとっては何かもっとそれ以上の存在になっていた。どこかしら超越的で絶対的な存在。でも、いま、ぼくの目に映る彼女の瞳《ひとみ》は、何も超越してないし少しも絶対じゃなかった。ごく普通の女の子。すごく綺麗《きれい》だけど、でもそれは表面的なことであって、その中には、実は奥手でシャイなみゆきが隠れている。瞳をじっと見れば分かることなのに、ぼくは彼女の肩口ばかり見て、そのことに気付かずにいた。

「ね?」と彼女が言った。

「全然、気付いてなかったでしょ?」

あれもこれもそれもどれも、ぼくは何も気付いちゃいなかった。

「そうだけど——」

ぼくは言った。

「いや、そうじゃなく、今日が何日なのか忘れていたんだ」

「いいのよ別に」と彼女は言った。

それより、と続け、彼女はその先を言い淀《よど》んだ。

なに？　という顔を向けても、彼女はうなずくばかりで、言葉を口に出来ずにいた。

「ああっ」

さすがに察しの悪いぼくでも、ようやく気付いた。

「プレゼント」

ぼくが言うと、心なしか彼女の顔が赤くなった。

「違うの」

そう言って、すぐに「違わないけど、ものじゃなくて」と急いで添えた。

「ものじゃない？」

「あの」と彼女が言った。

「今週の日曜日に、一緒に行ってもらいたいところがあるんだけど」

だめかしら？　と彼女が訊いた。

「何処に行くんだろう？」

これ、と彼女が膝《ひざ》の上の女性雑誌を指さした。

「ロマンティック・ウェディング展」

「ああ、ウェディングドレスかあ」

「そうなの。でも男女ペアが原則なのよ。だから――」

みゆきのこういった願望というのは、ちょっと男のぼくには理解しがたいところがあった。知り合った頃からそうだったけど、彼女は人生の営みの一部としてではなく、完全に切り離されたところで「結婚」というものに憧《あこが》れていた。でもそれは不自然なようでいて、女の子にとっては実はごく自然なことだったのかもしれない。まだ伴侶《はんりょ》となる相手と出会いもしない幼い頃から「お嫁さんになりたい！」という女の子はほんとにたくさんいるのだから。

「いいよ」とぼくは答えた。

声がうわずらないようにするのに、かなりの努力が必要だった。

「本当？」

「うん。日曜日は何もすることがないし」

確かに予定はなかったけど、週末は静流と被写体を求めて遠出するのが決まり事のようになっていた。でも、分かってもらうしかなかった。

「良かった。ありがとう」

「うん。でも、ぼくなんかでいいの？」

「ぼくなんかでって？」

彼女が不思議そうな顔で見るので、ぼくは静かにかぶりを振った。

「うん、何でもない」

彼女のその不思議そうな顔が、無性に嬉しかった。


アパートに帰って静流に訊いてみた。

「今日がみゆきの誕生日だって知ってた?」

彼女はビーンズクッションに丸くなって、ジャック・フィニイを読んでいた。最近の彼女のお気に入りだった。

「知ってたわよ」

彼女は本から顔を上げ言った。

「昨日、プレゼントをあげたもん」

「またビーズ?」

「そう、ホワイトハーツのネックレス」

「何それ?」

「アンティークのビーズよ」

ふーん、と言ってぼくは彼女の隣に座った。

「今日は家の人と食事に行くんだって」

「毎年そうみたいよ」

「らしいね」

それから彼女が「なに?」とぼくを見た。

「何が?」

「なんか、いつもと違うみたい。どうしたの?」

静流が見せるこういったカンの鋭さに、ぼくはいつも驚かされる。

ぼくの何気ない仕草や態度から、彼女は信じられないくらいたくさんの情報を汲《く》み取っていく。

ある意味、彼女はぼく以上にぼくのことを良く知っている。

ぼくが「いつもと違うみたい」なのは、胸に刺さった小さな棘《とげ》のせいだった。

二人のあいだにある不文律を破ろうとしていること。しかも、静流を置いて、みゆきと二人で出掛けようとしていること。

それがぼくを落ち着かない気分にさせていた。

「日曜日」とぼくは言った。

語ればば少しは楽になるような気がした。

「いつもの撮影は無理だと思う。みゆきと約束しちゃったんだ」

静流の表情は変わらなかった。レンズの向こうの大きな目で、ぼくを静かに見つめている。

「ウェディング展のこと?」

「そうだよ。知ってたの?」

彼女はゆっくりとうなずいた。

「みゆき、すごく行きたがってた。でも原則として婚礼予定のカップルが対象だって言うんで、諦《あきら》めかけてたの」

「それで、ぼくが一緒に行けばカップルに見えるから――」

「みたいね。きっと勇気を出してあなたにお願いしたんだと思う」

少なくとも表面上は良い方向に向かっているような気がした。だからだと思う、ぼくは少し調子に乗りすぎた。

ぼくは彼女に訊いた。

「静流も一緒に行かないか?」

彼女は一瞬、ひどく切なそうな顔をした。ぼくは自分が彼女を傷つけたことを知った。胸の棘がちくりと痛んだ。

静流は低く囁くように言った。

「花嫁は二人はいらないわ」

彼女はぼくから視線をそらし、再びジャック・フィニイに戻った。

何枚かページをめくり、それからさらに言葉を重ねた。

「ドレスには興味無いもの。私にはどれも大きすぎて似合わない」

そして沈黙が降りてきた。彼女は語ることを終え、ぼくは語るべき言葉を見つけられずにいた。

気まずさがあり、それはぼくだけの気まずさであり、それに気付いた彼女が、結局は救いの手を差し伸べた。本を置き、ぼくを見る。

「大きくなったら、そのときは一緒に行かせてね」

彼女は両手の人差し指をぼくに向け、小さく揺らして戯《おど》けて見せた。

「せっかくのチャンスじゃない。楽しんできなさいよ」

うん、とうなずいてはみたけれど、ぼくの心は少しも晴れなかった。


夕食のとき、ぼくは静流に訊いてみた。

「最近どこか変わった?」

「どこかって、どこのこと?」

「静流のどこかが」

彼女の顔がぱっと赤くなった。

「何でわかったの?」

「いや――」

わかったのはぼくではなく、みゆきだった。でも、それは黙っていることにした。だって、彼女の頬の赤みの半分は、ぼくに気付いてもらえた嬉しさで染まっているようにも思えたから。

彼女は隣の部屋に行くと、何やらごそごそやってから、またダイニングに戻ってきた。後ろ手に何かを隠し持っている。

「ジャーンって言って」

彼女はにこにこと笑っている。

ぼくは彼女のリクエストに応《こた》え、透明なシンバルを叩《たた》いて見せた。

「ジャーン！」

ほら、と言って彼女がぼくに見せたのは、可愛《かわい》らしいローズピンクのブラジャーだった。「買ったのよ。生まれて初めて」

「えっ、じゃあ――」

彼女はスモックの上から、胸に当てて見せた。

「大きくなっちゃったんだなあ、胸が」

「ほんとに？」

「ええ、ほんとよ。もうキャミの胸がきつくて大変」

ブラジャーを胸に当てて腰をひねる静流の姿は、どことなくベティ・ブープにも似ていた。

「良かったねえ」

思わずそんな言葉が出た。

「静流は、まだ成長してるんだね」

彼女はこくりとうなずき、えへへと笑った。

あらためて見てみると、確かに身体のラインが柔らかくなったような気もする。面立ちも心なしか大人びてきたような。

「実は背も少し伸びたのよ」

「そうなんだ。気が付かなかったな」

「気が付かなくて当たり前。ほんの1センチぐらいだもの」

「でも、伸びたんだ」

「ええ、おかげさまで」

「そう言えば、ずいぶんと食べるようになったよね。ついに成長期に入ったんだ」

「ちょっとだけみんなより遅れちゃったけど」と静流は言った。

「きっと追いついてみせるわ」

すごくなっちゃうわよ、と彼女は言って、どうする？　とぼくに顔を寄せた。

「何もかも？」

「そう、何もかも。どこもかしこも。あれもこれも」

「どうしようね？」

「考えておいてね」

そして彼女はローズピンクのブラジャーをスモックのポケットに仕舞い込むと、再び夕食に戻った。

無心に料理を口に運ぶ静流を見ていると、何故か突然愛《いと》おしさがこみ上げてきた。

彼女は成長している。懸命に生きている。そんな思いが織り上げた感情だったのかもしれない。

夜、ベッドに収まってから彼女に訊いてみた。

「でもさ、何でかな？」

ダイニングから彼女の言葉が返ってきた。

「何のこと?」

「静流の成長だよ。何で今頃になって?」

しばらく沈黙があった。ズズっと鼻を啜る音が聞こえた。

「きっと」と彼女は言った。

「愛だと思う」

「愛?」

「そう、愛」

今度はぼくが沈黙する番だった。

つまりは、ぼくへの思いが何かしらの引き金となってホルモンの分泌を促した。そういうことなのだろうか。

ぼくが? と思わずにはいられなかった。このぼくが彼女を成長させた? ぼくが彼女の胸を膨らませ、ぼくが彼女のお尻に脂肪を付けさせた。そういうこと?

「死んだお母さんもね」と彼女が言った。

「お父さんと知り合うまでは幼い姿をしてたそうよ。でも、恋が彼女を大人の女性に変えたの」

「じゃあ、これは家系なの?」

かもね、と静流の声があった。

「お母さんは静流が幾《いく》つの時に亡くなったの?」

「8歳」

「何かの病気で?」

「だと思う。なんかその辺曖昧《あいまい》なのよ。よく憶《おぼ》えてないし、あらためて訊《き》いたこともないし」

「そう?」

「どこか遠い場所で療養していたの。長いこと」

憶えているのはそれだけ。

「悲しかった?」

「少しだけ。最期に立ち会ったわけでもないし、いつの間にかいなくなってしまったって感じだったから」

「そうなんだ」

「そうなの」

それきり彼女は口を噤《つぐ》んだ。いつでも先に眠くなるのは静流だったから、ぼくは彼女の沈黙をその合図と受け取った。静寂が淡い光と溶け合い、柔らかな眠りへと誘う。そうとは気付かぬまま夢のとば口に足を掛けたところで、静流の声に引き戻された。

「気にしないで行って来てね」

うん? と不得要領な声を上げる。

「ウェディング展」

「ああ、うん。行ってくるよ」

「ただ行くんじゃなくて、楽しんできて」

「うん、がんばってみるよ」

そして、ふと思ったことを口にしてみる。

「静流とみゆきは似ているね」

「なに？　唐突に」

「わかんない。ふと、いま思ったんだ」

「私とみゆきが？」

「うん」

「少しもちっとも全然似ていないんですけど」

「かもね」

そう言って大きなあくびをした。

「ただ、ぼくがそう思っただけさ。気にしないで」

それからおやすみ、と言って布団に潜り込んだ。

ずいぶんと遅れて、おやすみなさい、と静流の声がした。

手に取った軟膏の容器を、少し考えてからもとに戻した。今日は、薬無しで乗り切ろう。会場はきっと混雑するだろうから人と距離を取ることは出来ない。ならば少量の薬でも気付かれる可能性がある。

＊

「ねえ」と背後から静流がぼくに声を掛けた。

「ジャケットはこれね」

振り返ると、入学式の時に着た茶色いウールのジャケットを静流が手に提《さ》げていた。

「あなたに選択肢は無いみたい。何も持ってないのね？」

「だって、シャツとジーンズさえあれば、それで足りてたし」

「とりあえずベージュのスラックスがあったから、それを合わせるしかないわね」

「それって、入学式の時の組み合わせだよ」

あらあら、と静流が言った。

「きっと卒業式もこれで済ませるのね？」

もちろん、とぼくは言った。

「そのつもりだけど？」

静流が呆《あき》れたような目でぼくを見た。どうやら冗談だったらしい。

「ま、いいわ。早く着替えて。時間が無いわ」

ぼくは彼女に促されるままにパジャマを脱ぎ、シャツを着て、スラックスに足を通した。

鏡の前で髪に水を付け、寝癖を直していると、彼女が隣に立った。

「これ、持っていって」

彼女が差し出したのは1万円札だった。

「アルバイト代が入るまで貸しね」

「でも――――」

「ねえ」と彼女がぼくを制した。

「今日、みゆきは夢を見に行くのよ、純白の夢を」

「うん」

「それなのに、そのあとの食事がファミリーレストランだったらどうなるの?」

まさに、そのファミリーレストランに行くつもりだった。またしてもぼくは間違えるところだったらしい。

「いま、いくら持っているの?」

「ええと、2400円ぐらいかな」

「だと思った。それでデートをする人はいないわ」

「デート?」

「デートでしょ？　これって」

それも知らなかった。ぼくは自分のことを、みゆきがウェディング展に入り込むためのチケットか何かみたいなものだと思っていた。

デートだって？　そう思ったら急に緊張してきた。考えてみたら、みゆきと二人きりでどこかへ出掛けるというのは、これが初めてのことだった。

「とにかく、食事はお洒落《しゃれ》なお店でね？　フレンチとかイタリアンの」

「そんなとこ行ったことないよ」

「大丈夫。フレンチにしようか？　って言えば、彼女がお店を知ってるから」

「うん」

それから、と静流は続けた。

「支払いは、とりあえずおごるふりをすること」

「ふり？」

「ええ。でもみゆきは自分の分は自分で払うって言うから、そしたら無理はしないの」

「そう？」

「そうよ。ちゃんとできる？」

「分かんないけど、やってみるよ」

心配だなあ、と静流は、ぼくを矯《た》めつ眇《すが》めつ眺め回した。

「大丈夫だよ」

「ぜんぜん大丈夫に思えないわ」

「ほんとはそうなんだけどさ」

彼女がくすりと笑った。

そして玄関に二人は向かった。靴を履いているぼくの後ろに静流が立った。

「正直ね」

はあ、と溜息《ためいき》をつく。

「その『はあ』はどんな気持ちからの『はあ』なの?」とぼくは訊いてみた。

彼女は一瞬戸惑うような沈黙を置いた。背中を向けていたぼくには、静流の表情は見えなかった。

だから、すぐに続いた彼女の言葉をそのまま信じてしまった。

「奥手で気の利かない弟を送り出す姉の気分ね」

静流は言った。

「そんなとこ」

「大丈夫だよ」

ぼくは言った。

「がんばるから」

「そうね」

それから、少し身を引いて彼女はぼくを見つめた。

「うん、なかなかいい男よ。これならたしかに大丈夫ね」

「じゃあ、行って来ます」

そう言って部屋を出た。階段を降り、駅への道を歩き出す。何かが聞こえるので振り返ってみると、静流が追いかけてきていた。

「靴、靴！」

自分の足下を見ると、薄汚れたキャンバス地のスニーカーが目に入った。いつもの癖で通学履きを履いてきてしまっていた。彼女が手に持ってきた革のローファーとその場で履き替え、あらためてぼくは駅を目指した。

かなり歩いてから振り返ってみたら、まだ彼女は道の真ん中に立ち、ぼくのことをじっと見送っていた。手を振ったけど、彼女は気付かないみたいだった。


確かにカップルが多かった。別にチェックがあるわけじゃないから、全てが男女の組というわけではない。意外と目に付いたのが母娘の二人連れだった。母母や娘娘、そしてもちろん男男の二人連れはいなかった。

ただ3人ぐらい、連れのいない女性がいた。彼女たちは何かのゲームに負けた人間のように、なんだか打ちのめされたような顔をしてじっと座っていた。そこから立ち去ることはさらに負けを重ねることだというように、彼女たちはがんばって座り続けていた。

おそらく「原則」というのが問題なんだと思う。その曖昧なルールが彼女たちを敗者のように見せていた。

女性の隣に座る連れの男たちは、やっぱり自分たちのことをチケットぐらいの存在にしか思っていないみたいだった。少なくともこの場所では、そのぐらいの意味しかない。みんなあまねく無関心で退屈そうだった。熱心さを装っている男性もいたけど、どうがんばってみても女性たちの意気込みの前では、その演技もかすみがちだった。

やがて、ショーが始まった。

ロマンティック・ウェディング展というだけあって、何もかもがロマンティックだった。女の子の夢、純白の夢だった。けれども、ぼくはそれどころじゃなかった。痒みをこらえるのに必死で、目の前を通り過ぎていくモデルたちの姿もほとんど目に入っていなかった。ただ何か白いものがちらちらと舞っているようにしか見えなかった。会場が女の子たちの熱気で暑くなっていたこと、それにウールのジャケットを羽織っていたことが、さらに状況を悪化させていた。

何度か隣のみゆきを見遣《みや》ってみたけど、彼女は純白の夢に夢中で、隣の男の苦悩にはまったく気付いていないようだった。彼女自身が花嫁となり、ラッパを吹く天使を従えてバージンロードを歩いているみたいだった。それはそれで愛らしい姿だった。こっちはそれどころではないにしても。

彼女たちにとっては一瞬の夢、ぼくにとっては果てしなく続くように感じられた悪夢がようやく終わり、ぼくらは熱気やら溜息やら甘い匂いやらと一緒に外に吐き出された。

「ふう」とやっぱりみゆきも溜息をついた。他の女の子たちと同様に。

「素敵だった……」

「うん」

冷気に当たったことで痒みも少し治まっていた。

「ありがとう」と彼女が言った。

「誠人のおかげで、素敵な時間を過ごすことが出来たわ」

「別に」とぼくは言った。

「何をしたわけでもないし」

ううん、とみゆきはかぶりを振った。

「大変だったと思うわ。あそこにいるだけで」

一瞬、痒みのことがばれたのかと思った。

「男の人たちにとってはつまんない場所でしょ?」

いや、と言いかけて、結局素直にうなずいてしまった。

「ね? ましてや、私たちは結婚を控えたカップルというわけじゃないんだし」

「うん」

それからぼくらは、駅に向かって夕暮れの街を並んで歩いた。

「あのままドレスを予約していくカップルもたくさんいるそうよ」

みゆきが羨《うらや》ましそうな口調で言った。

「綺麗なドレスがいっぱいあったもんね」

「ええ。私も欲しくなっちゃった」

「でも、いい値段なんだね。びっくりしたよ」

「一生に一度の買い物だもん」

百貨店が建ち並ぶ大通りは、たくさんの人間で賑《にぎ》わっていた。これほどいっぺんに多くの人間を見たのは久しぶりだった。なんだか目が回りそうだった。

「お腹は空かない?」とみゆきが訊いた。

来たっ、と思った。

「空いたね」とぼくは言った。

「フレンチなんかどう?」と訊ねてみる。

「いいわね。私おいしいお店知ってるわ」

「そう?」

「誠人のお勧めのお店とかある?」

「いや、特に無いよ。みゆきの店に行ってみよう」

というわけで、大通りから1本奥に入った路地に、すごくお洒落な南仏料理のレストランがあって、ぼくらはそこで夕食を摂《と》ることにした。

中は暖房が効《き》いていて、またぞろ痒みがぶり返してきた。

「父とよく来るの」

カウンターに並んで座りながら、みゆきが言った。

「へえ、仲がいいんだね」

「ちょっと強引に箱に押し込められている気もするけど」

「箱入り娘？」

「そう。鉄の箱。だからこんなに奥手になっちゃったのよ」

「なるほど」

何が可笑《おか》しいのか、彼女がくすくすと笑った。

「でね」と彼女は続けた。

「就職も父のコネで決まり。結局、大学を卒業しても箱の中から出られずにいるの」

ワインを選ぶように言われ、よく分からないので彼女に全てまかせた。彼女は慣れた感じでグラスワインを2つ注文した。

「あんまり慣れてないんだこういうところ」

結局正直に打ち明けることとした。

「だから、全部まかせるよ」

みゆきはうなずき、料理も全て彼女が選んでくれた。ちょっと格好悪い気もしたけど、恥をかく前に言っておいたほうが気も楽になる。どこからか静流の舌打ちが聞こえてくるような気がした。

「もう就職先が決まってるの？　早いね」

ぼくが言うと、彼女は髪をかき上げ、ゆっくりとうなずいた。

「内内定をもらったわけじゃないけど、もう人事の人とは会ってだいたい決まった感じ」

「どういうところ？」

「外資系の商社よ。最初のうちはアメリカで働くことになると思う。それだけは私のわがままを通させてもらったの」

「アメリカかあ、遠いな」

「会えなくなっちゃうね」

何だかその言葉にどきりとした。言外の意味を深読みし過ぎたのかもしれない。

「まあ、いまは毎日のように会ってるからね。寂しくなるよ」

「まだ1年以上先よ、いずれにしても」

「うん」

ワインがカウンターの上に置かれ、ぼくらはグラスを手に取った。

「いい香りね」

「そうだね」

彼女は上品な仕草で一口飲んで、「おいしい」と言った。猫のように舌を出して味を確かめるどこかの誰かとはちょっと違っていた。少しもちっとも全然似ていないんですけどと言った、そのどこかの誰かの言葉を思い出した。

やがて料理が次々と並べられて、ぼくらはひとしきり食べることに専念した。ガーリックやスパイスが効いた料理はどれも美味《おい》しかった。けれど、身体がさらに温まってくると、痒みはいや増しにつのっていった。

ぼくは、ちょっとトイレと言って、席を立った。レストルームに入ると、シャツの上から脇腹を激しく掻《か》き毟《むし》った。ここが一番のホットスポットだった。汗が出たので顔を洗った。ジャケットのポケットからハンカチを出そうとして、小さな容器が入っていることに気付いた。

イスラエル製の軟膏。何故《なぜ》ここに？

すぐに静流の顔が浮かんだ。きっと彼女だ。あまり深く考えることはやめて、とにかくありがたく使うことにした。ジャケットを脱ぎ、シャツをまくり上げて、脇腹や背中に軟膏を塗りつけた。これからの行動を考え、量は控えめにしておいた。

ジャケットを羽織り直し、軟膏とは逆のポケットに入れてあった小さな包みを手に持ち、カウンターに戻った。

スツールに座る前に「これ」と言って、包みを彼女に差し出した。

「誕生日おめでとう。ちょっと遅れちゃったけど」

えっ、うそ？ とみゆきが驚きに目を大きくした。そんなに意外だったのだろうか？ もっとも去年までは、彼女の誕生日がいつなのかすら知らなかったのだけれど。

「開けていい？」

「もちろん」

包みを開いた彼女がはっと息をのんだ。

「これ……」

「うん」

流れ星ね？ と彼女がぼくを見た。

「そうだよ」

それはアクリル製の小さな写真立てに収まった流星の写真だった。

「もうずっと前、中学生の頃に撮ったんだ」

ぼくは彼女に説明した。

「しし座流星群だよ。すっと真っ直ぐに走っている白いのが流星だよ」

「ええ、とても綺麗」

彼女は写真に視線を戻し、夢見るような表情を浮かべた。

「こんなにたくさんの流れ星が?」

「うん。三脚に固定したカメラを空に向けてさ、5分ぐらいシャッターを開けっ放しにしておくんだ。そうすると、こんなふうにたくさんの流れ星が写るんだ」

漆黒《しっこく》の夜空を背景に、星々は地球の自転によって弧状の軌跡となって写っていた。それとほぼ交差するように、鏃《やじり》形の光跡が放射状に幾筋も走っていた。それが流星だった。

現像が上がって初めてその写真を見た時には、背中の毛が逆立つほど感動したものだった。

みゆきは写真立てを胸に抱き、「ありがとう、嬉しい」とぼくに言った。

「よかったよ、喜んでもらえて」

子供のように喜ぶみゆきの姿に、ちょっと感動していた。ふだん見たことのない新鮮な彼女の表情だった。

「ほら、流れ星って願い事を叶《かな》えるって言うよね。だから、それを持っていれば、何か願いが叶うかもしれないし」

ぼくの言葉に彼女の顔がぱっと輝いた。

「そんな意味もあるのね?」

「うん、まあね」

「最高のプレゼントだわ」

そしておそらく、誰よりもお金の掛かっていないプレゼントなんだと思う。しかし、ぼくにとってはこれが精一杯だった。

「一生の宝物にするわ」

その瞬間、ぼくのちっぽけな自我が限りなく広がっていくのを感じた。貧弱な胸の中で心臓が喜びのダンスを踊っていた。

ぼくは夢心地のまま料理を食べ、夢心地のまま彼女との会話を続けた。

食事が終わり、スツールから立ち上がったとき、なんだか自分の背が少し高くなったような気がした。きっと床から3センチほど浮き上がっていたかもしれない。

レジでふと我に返り、静流の言葉を思い出した。ぼくはスラックスのポケットから財布を取り出し、みゆきに言った。

「ここの払いはぼくがするから」

「えっ、いいのよ。私が無理言って今日はつきあってもらったんだから。私が払う」

無理な押し問答は無し。だから、ぼくは言った。

「じゃあ、割り勘で」

静流が持たせてくれた1万円札で払い、みゆきが自分の分をぼくに手渡す。ここでもぼくは静流の心遣いに感謝した。もし、この1万円札が無かったら、こんなお洒落なディナーはとても望めなかっただろう。

外に出ると、すっかり夜のとばりが街を覆い尽くし、ビルのあわいから弱々しい星の瞬きを見ることが出来た。

「流れ星見えるかしら?」

みゆきが空を仰ぎ見ながら言った。

「もうちょっと街から離れないと。あの写真も山の上から撮ったんだ」

「また撮る?」

くるっと首を回し、みゆきがぼくを見上げた。長い髪が軽やかに揺れた。

「どうかな。もう何年も天体写真は撮ってないんだ」

「ねえ、もし撮るなら」

ワインに頬をピンク色に染めたみゆきの顔がすぐ近くにあった。

「私も一緒に連れていってくれない?」

きっと彼女は酔っているんだ、とぼくは思った。じゃなくちゃ、こんなことって起こるはずがない。きっと明日になったら、いまの言葉だって忘れちゃってるんだ。きっとそうだ。

だから、ぼくも気楽に言葉を返した。

「いいよ。一緒に星を撮りにいこう」

「ほんと?」

「うん」

「約束よ?」

「約束するよ」

やった、と彼女が手を合わせた。そんな仕草を見るのも初めてのことだった。


駅に着くと、彼女はあらためてといった感じでぼくに言った。

「ほんとに今日はありがとう。とても楽しかった」

「うん。良かったね。ぼくも楽しかったよ」

「きっと――――」

そこで口ごもり、視線を足下に落とした。そしてまた顔を上げる。

「いままでで一番の誕生日プレゼントをもらったような気がする。今日のことすべて」

みゆきは自分の言葉に驚いたように目を丸くして、それから「じゃあ、さようなら」と言い残し、逃げるように走っていってしまった。

雑踏の中にひとり取り残されたぼくは、ただ呆然《ぼうぜん》と去りゆく彼女の後ろ姿を見送っていた。

3センチほどコンコースのタイルから浮かび上がったまま。

アパートには10時前に帰り着いた。

ダイニングに入ると、静流がビーンズクッションの中に丸まって文庫本を読んでいた。

ぼくに気付くと顔を上げ「おかえりなさい」と言った。ものすごい鼻声だった。

「ただいま」と言いながら、さりげなく部屋の隅のクズ籠《かご》を見た。案の定ティッシュでいっぱいだった。彼女は泣いていたのだ。でも、ぼくはそのことに気付かないふりをする。そして彼女も気付かれていることを知りながら、何も言わない。

「どうだった?」と静流はぼくに訊ねた。

「うん、まあまあだよ」

「まあまあ?」

「そう、まあまあ」

ふーん、と疑わしそうな声でぼくを見上げた。

「みゆきはドレスに夢中だったよ」

「綺麗だったでしょうね」

「うん、白くてふわふわしてたよ」

彼女が笑った。

「ウェディングドレスはだいたい白くてふわふわしてるわ」

「そうなんだろうね」

夕食は？ と彼女が訊いた。

「うん、みゆきがいつも行ってる南仏料理の店で食べた」

でしょ？ というふうに彼女がうなずいた。

「静流の言うとおりだった。お金もお陰で助かったよ」

「いえいえ」

そして、ふと思い出した。

「ねえ、これ」と言ってジャケットのポケットから軟膏の容器を取り出した。

「これ、静流が入れておいてくれたの？」

彼女は遠視眼鏡の奥からぼんやりとした視線をぼくの手元に向けた。

「いいえ」と彼女は言った。

「私じゃないわ」

不思議そうな顔でぼくを見る。なかなかの名演技だ。

だって、と彼女は言った。

「それ、例のいかがわしいロシア語のクスリでしょ？」

彼女は口にするのも恥ずかしいというように、頬に手を当てた。

「そんなものをみゆきとデートするあなたに持たせるわけないじゃない」

もしかして、と彼女はぼくの目を見た。

「使ったの？」

「いいや」

ぼくは軟膏をポケットに仕舞った。

「まったく健全なデートだったよ。使う場面は訪れなかったな」

そう、と彼女は言った。

「ならば、良かったわ」


夜、いつものようにベッドの中から静流に声を掛けた。

「静流?」

なに? と小さな声が返ってきた。

「今度はさ」とぼくは言った。

「静流の誕生日もお祝いしようね。フレンチのレストランに行ってさ」

言葉は無く、ただ鼻を啜る音だけが響いた。ぼくは待った。

「いいよ……」

やがて彼女が呟《つぶや》くように言った。

「いいよって?」

「いらない。なにもしなくてもいい」

「だって」

「充分よ。ここにいさせてくれるだけで充分。私にとっては毎晩がパーティーのようなものだもん」

「でもさ」

「気を遣わないで。こんな幸せな片思いはないんだから」

そんなはずがなかった。だとしたらクズ籠いっぱいにティッシュが溜《た》まったりはしない。「静流の誕生日はいつなの？」

これだけ一緒にいながらぼくは彼女の誕生日を知らなかった。何かもっと大事なことも知らぬままに来てしまったような、そんな自分への苛立《いらだ》ちをぼくは覚えた。

「言わない。ごく普通のありきたりな日よ」

意固地になったような静流の答えが返ってきた。

「別にいいけどさ。調べれば分かるから」

ぼくは言った。

「その日には無理にでもレストランに連れて行って、嫌がってもプレゼントを贈っちゃうからね」

今度の沈黙はとても長かった。すでに言葉は口元にあるのに、それを淡い光の中に放つことをじっとこらえているような、そんな沈黙だった。

やがて彼女が囁くように言った。

「やめてよ」

それは涙とともに漏らす吐息のように震えていた。

「優しくしないで――いじめないで」

*

はっきりとぼくが認識するようになったのは、年の終わりもずいぶんと近付いた頃だった。

確かに静流は成長していた。ブラジャーを着けた胸はその存在をきちんと主張していたし、腰の辺りにも女性らしい曲線が見られるようになった。対比の問題だが、それによって初めて、彼女のウェストというものが姿を現した。

背も3センチほど伸びて、二人が合わせた視線の角度が少しだけ緩やかになった。軽やかな印象が薄れて、寝起きなどには、身重の雌猫《めすねこ》みたいな気怠《けだる》げな仕草を見せることさえあった。

それは実に不思議な眺めだった。ぼくが慣れ親しんでいた幼い姿をした静流は消えようとしていた。部屋で本を読んでいるときにふと顔を上げると、すぐ目の前を見知らぬ女性が横切ってゆく。そしてぼくは、それが静流なのだと後になって気付くのだった。

静流は美人ではないが充分に魅力的な女性になった。そのうえ彼女は官能的ですらあった。

彼女の何気ない仕草にあらたな意味が付与され、それを何気なく見過ごすことは意識的な行為となった。静流の髪はいまやみゆきと同じぐらいに伸び、シャワーを浴びた後にぼんやりと椅子《いす》に座っている彼女の後ろ姿は、ひどく煽情《せんじょう》的だった。濡れた髪は艶《つや》めき、細さを強調されたウェストは何かしら性的なシグナルをぼくに向かって発しているように見えた。ぼくはいつ彼女が「ヌード写真は?」と言い出すかと、気が気ではなかった。

冬休みは家に帰れない彼女を気遣って、ぼくも帰省しないことにした。ちょうどコンテストの締め切りが年末だったので、最後の追い上げでさらにいくつかの写真を仕上げ、撮り溜めた中から厳選した数枚を封筒に入れてポストに投函《とうかん》した。静流はスナップ写真部門に、ぼくは風景写真部門にそれぞれ応募した。

ぼくらはその帰りに近所のコンビニエンスストアーでそばを買い、アパートに戻ると年越しそばをつくって食べた。

「コンテスト受賞できるといいね」

そばを啜りながら静流が言った。彼女はデニムのパンツにピンク色のモヘアセーターといった姿だった。もう、あのスモックを着なくなってずいぶん久しい。

ダイニングはグランプリは無理にしても、その下ぐらいは欲しいよね。なんかどきどきするなあ」

「まあ、グランプリは無理にしても、その下ぐらいは欲しいよね。なんかどきどきするなあ」

「でも、結果は3か月先よ。ゆっくり待ちましょうよ」

「そうだね」

彼女が湯気で曇った眼鏡を外した。テーブルの上に置き、そのまま食事を続ける。

「見えるの?」

ぼくが訊くと、彼女が顔を上げた。牝鹿《めじか》のような黒い瞳でぼくを見る。

「ちょっと良くなったかもしれない」

静流は言った。

「これも成長の証《あかし》よね」

じゃあ、と思わずぼくは身を乗り出した。

「もしかして、蒙古斑も消えたとか?」

彼女がにっこり笑った。大人が子供に向けてするような、あらまあ仕方ないわね、みたいな笑みだった。

「かなり薄くなったわよ」

彼女が言った。

「見てみる?」

この「見てみる?」には、いままでにない凄味《すごみ》があった。ぼくは乗り出していた身体《からだ》を急いでもとに戻した。

「いや、やめておくよ」

「いまの関係を続けるために?」

「そういうこと」

年越しそばを食べ終わると、静流はシンクに立った。かちゃかちゃと音をたてて食器を洗っていたが、ふいにその手を止め「やっぱり、来年に持ち越すのはよくないから」と言って、ぼくに向き直った。

「私ね」と彼女は言った。

「ほんとは、弟とベッドで抱き合ってるところを見つかってお継母《かあ》さんに追い出されたの」

驚いて腰を浮かし、ぼくはテーブルの天板に脚をぶつけてしまった。

「うそ」とぼくは言った。

「ほんとよ」

タオルで手を拭《ふ》きながら彼女は言った。

「でも、変な意味じゃなくて」

「変な意味じゃなく、どう弟とベッドの中で抱き合うのさ」

「姉弟《きょうだい》愛よ」

ああ、とぼくは呟いた。一人っ子のぼくは、その辺の感情にひどく疎かった。

「弟は幾つ？」

「16歳よ」

「それ充分に変なんじゃないのかな？」

彼ね、と静流が言った。

「病気なの。ずっと家から出ないで、ほとんど1日中ベッドの中で過ごしているの」

「何の病気なの？」

「さあ、名前は無いわ。珍しい症状なんだって」

「そう」

「ええ。でも、ほら思春期真っ盛りじゃない？　なのに恋人と手を繋《つな》いでデートすることもできないのよ」

「うん、まあそうだね」

「だから、ちょっと、その真似事《まねごと》をしてみたわけ」

「でも、いきなりベッドは早すぎないかな？」

「だって、彼がずっとベッドの中だから――公園に行くわけにもいかないし」

「たしかに」

「で、この私のささやかなる胸を貸してあげたのよ」

「嬉しいのかなあ……」

「失礼ね。彼は嬉しそうだったわよ」

「まあ、人それぞれだからね」

「重ねて失礼ね。私にだって甘食《あましょく》ぐらいの胸はあるんだから」

「はいはい」

「まあ、そうやって、ちょっと胸に触ったり、首にキスしたり、じゃれ合ってたら、お継母さんに見つかっちゃったの」

「弟っていうのは、そのお継母さんの？」

「違うわ。私の実の弟よ。その下に、新しいお継母さんとお父さんとの間にできた妹がいるの。その子はまだ10歳」

「知らなかった」

「言わなかったもん」

「今度は嘘じゃないよね」

「どうかしら?」と言って彼女は微笑《ほほえ》んだ。

「じゃあ、前に言っていたあの日記の話は?」

「あれもほんとよ。そのときも私、1週間ぐらい家に帰れなかったんだから」

さあ、と彼女は言った。

「これで懺悔《ざんげ》は終わり。嘘ついてごめんね」

そして彼女は再び洗いものに戻った。

冗談めかした告白の中に、彼女はさらにその奥にある真実に触れるためのヒントを置いていたが、このときのぼくは、そんなものに気付くこともなく、ただ事象の表層だけを眺め、本質からはほど遠いところを漂うに過ぎなかった。


この日はがんばって0時まで起きていた。

二人でぼくのベッドに寄りかかり、クロスワードパズルを解きながら年が明けるのを待った。

「縦のカギよ」

静流が言った。

「赤の女王の正体はだあれ？　お母さんはダイナ」

「なにそれ？　全然分かんないよ」

「これきっと、『鏡の国のアリス』の話よ」

なんだったっけ、と彼女が額に人差し指を当てる。

「何文字？」

「3文字。最後はイ。確か猫の名前なの」

それから彼女は3文字で最後がイで終わる様々な名前を思いつくままに口に出していった。サミイ、マリイ、トミイ、ロリイ——

「あっ」

ふいに彼女が顔を上げ、声を発した。

「なに？　分かったの？」

「違うわ」

ほら、とラックの上の時計を指さした。

「もう、新しい年になっている」

「ほんとだ」

「今年もよろしくお願いします」

静流がぺこりと頭を下げた。

「こちらこそ」

そして、ぼくらはそそくさと寝間着に着替えてそれぞれのベッドに潜り込んだ。写真で暗室にこもるとき以外は、基本的に夜更かしはしない。夜の闇《やみ》は眠るためにあるのだから。

やがて、もうほとんど眠りに落ちかけたところで、彼女の声が響いた。

「キティよ！」

「まだ考えてたの？」

「そうよ。でもこれで眠れるわ」

「それは良かった。おやすみ」

「おやすみなさい」

*

それは関口の口からぼくに伝えられた。

「白浜がみゆきに振られたそうだ」

グループの中では、ぼくら二人しか履修していない英語史の授業でのことだった。

「振られた？」

「ああ、いよいよ時は満ちたとばかりに勇んで告白して、丁重な態度でお断りされたんだとさ」

「白浜がそう言ったの？」

「そうだよ。昨日のことさ」

「それって秘密なんじゃないの?」

「じゃあ、他の連中には『誰にも言うな』って先に言ってから、話すことにするよ」

あいかわらずふざけた奴《やつ》だ。

「まあ、あいつ自身、ここだけの話って言いながら、きっとみんなに触れ回ってると思うけどね」

「みゆきは、何て言って断ったんだろう?」

「あなたの傲慢《ごうまん》な態度が嫌なの」

「言うわけないよ」

「つむじが2つある人を私愛せないの」

「なお言わないよ」

「シンプルに、ごめんなさい」

「ああ、それならみゆきらしい」

「あやまる必要は無いのにな。誰が悪いわけでもない」

「まあね。でも、みゆきはそういう女性だよ」

「知ったふうな口をきくね」

関口が穿《うが》つような視線をぼくに向けた。

「まあ、いっしょにいる時間が多いからね」

「ああ、お前らほんと真面目《まじめ》だよな。学生の本分は遊ぶことにあるって知らないんじゃないのか？」

「知らないよ。それに関口みたいに要領よくないからさ、ちゃんと授業に出てないと、わけ分かんなくなっちゃうんだよ」

関口は憐《あわ》れむような視線をぼくに向けた。

「こんな男をまさかな……」

「え？　なに？」

「いいや」

関口は言った。

「お子ちゃまには関係のない話さ」


次の日には、グループの誰もが知る事実となった。ぼく自身、白浜からも直接聞かされたし（ここだけの話だけどさ――）、それは「秘密」というラベルが貼《は》られたみんなの共有情報となった。なぜか誰もが白浜ではなく、みゆきに対して気を遣い、彼女の前ではこの話は禁句となった。

二人だけの授業の時、幾度かみゆきは何かを言いたげな素振《そぶ》りを見せたが、結局最後まで語られずじまいとなった。

この季節、3年生は就職活動に忙しく、慌ただしい日々の中で個人的な生活というものはなおざりにされ、この出来事も時を経《へ》る間もなく風化していった。

ぼくが狙《ねら》っていた出版社の筆記試験はまだずっと先だったし、静流は端《はな》から就職活動をする気も無いみたいで、ぼくら二人だけが、なんとなく世間の慌ただしさから取り残されたような感じだった。

この頃のぼくらは季節を間違えたつがいのシジミチョウのように、日溜《ひだ》まりを求めて街の路地裏や森の小径《こみち》をふわふわと漂う日々を送っていた。


「知ってた?」と静流がぼくに訊いた。

二人はどこかの町の名も無い川のほとりを歩いていた。

「みゆきがあの写真、いつも身につけて持っているっていうこと」

「あの写真?」

「流れ星」

その口調からぼくはなんらかの緊張を感じ取ったが、その理由までは分からなかった。

「ああ、あの写真か……」

「嬉しい?」

静流は長い髪をかき上げ、ぼくを見た。

しばらく考えた末にうなずく。

「ああ、そうだね。嬉しいよ。プレゼントが気に入ってもらえて」

一瞬、静流の目に失望の色が浮かんだ。望んでいた答えはもっと別のものだったのだろう。ぼくもそれを知ってはいたけど口にする気にはなれなかった。実際のところ、自分でもよく分からなくなっていた。

「また少し背が伸びたんだね」

ぼくは話題を変えた。

「少しだけね」

彼女は言った。

「何年かぶりに体重も量ってみたのよ」

「へえ、何キロだった？」

静流は目をくるりと回した。呆《あき》れたひとね、という意味の仕草だった。

「女性に体重を訊くなんて、失礼じゃないの？」

ぼくは思わず失笑した。

「静流に限って言えば、それは違うんじゃないのかな。いまの質問は親心みたいなもんだよ」

彼女の表情が、ふっと沈んだ。

「そうじゃないでしょ？」

その声には苛立ちがあった。

「もっと調子合わせてよ。私を普通の女の子みたいに扱ってよ」

鈍感、と言って彼女は小走りになって、先に行ってしまった。

最近の彼女は万事がこんな調子だった。ふいに沈んでみたり、苛立ったり、そしてまた舞い上がったり。これを思春期の女の子の気紛《きまぐ》れと呼ぶべきなのか、それとももっと別の呼び名があるのか、男のぼくに分かるはずもなかった。

10mほど前を行く静流の後ろ姿は、なかなか魅力的な被写体だった。春っぽい桜色のワンピースに生成《きなり》のカーディガンを羽織っている。肩を怒らせてずんずんと歩いていくので、背中まで伸びた黒い髪が大きく揺れている。

ぼくはカメラを構え、ファインダー越しに彼女を見つめた。逆光のためラインライトに縁取られた静流の背中は、思っていた以上にまだ幼い印象を残していた。初めて静流をファインダー越しに覗《のぞ》いたときのことを思い出す。あのときもやっぱり彼女はこうやってぼくに背中を向けていた。

シャッターを切る。さらにもう1枚。突然彼女が振り返った。ズームすると、彼女の表情が泣き出しそうになっていた。

「どうしたの?」

慌てて駆け寄ってみると、彼女がぼくに手のひらを突き出した。

「歯が抜けちゃった」

確かに彼女の手のひらには小さな乳白色の歯がひとつあった。

「ほんとだ。どこの歯? 見せてごらん」

静流は涙目になって首を振った。

「いや! 絶対に見せない」

彼女は顔を背け、そのまま歩き出した。仕方なく彼女の後から付いていく。

「まだ乳歯が残ってたんだ」

ぼくが言うと、背を向けたまま彼女が答えた。

「前にも言ったでしょ？　何本かまだ残ってるのよ」

「いま抜けたのはどこ？　いや、見せなくていいからさ」

「上の前歯、きっとすごく間抜けに見える」

「すぐに生えてくるさ」

ああ、と静流は溜息《ためいき》をついた。

「せっかく髪も長くしたし、綺麗な服だって着られるようになったのに」

台無しだわ、と嘆いた。

「せめて――」と言って、そこで彼女は口を噤《つぐ》んだ。

「せめて？」

「何でもない」

「何でもないの？」

「ええ、何でもないの」


次の日からまた彼女はスモックに戻ってしまった。きつくなったところは自分で仕立て直して着ているようだった。髪を三つ編みにして、せり出たおでこを露わにした静流は、なんだかすっかり子供返りしてしまったように見えた。さすがに隠しきれず、彼女も諦《あきら》めて見せてくれたけど、確かに上の前歯が1本無くなっていた。犬歯のあたりに隙間《すきま》がある。それはそれで愛らしい姿だったけど、もちろん彼女がそんな言葉で納得するはずもなかった。

鼠《ねずみ》色のスモックに黒い靴下、三つ編みにチョコレート色の眼鏡。けれど胸は膨らみ、腰は重みを増し、彼女は出会った頃以上にアンバランスな存在になっていた。

それでもスモックは彼女の心に安定をもたらしたように見えた。静流は落ち着きを取り戻し、もう意味もなく沈んだ表情を見せることも無くなった。

穏やかで安らぎに満ちた日々が続いた。あまりにも当たり前で、そこに終わりがあるなんて思いもしないような日々だった。すべてに永遠の猶予が与えられ、決断は果てしなく先送りにされていくような、そんな気がしていた。

そして、もちろん、それは間違いだった。

*

3月の終わりにその知らせは届いた。

アパートの郵便受けに2通の封書。先に帰ったぼくが見つけた。部屋に持ってゆき、静流宛《あて》の封書はテーブルの上に置いた。それから少し緊張で強《こわ》ばる指で、自分宛の封を開いた。

文字はすぐに目に入った。

「瀬川誠人様、残念ながら今回の……」

やっぱりなあ、と思った。多くを期待すると、おおむねこのような結果になった。際限なく繰り返されてきた敗退の記録にまた黒星がひとつ足されたわけだ。三振、ガーター、ハズレくじ、そして失恋。慣れている。

もちろん、がっかりはしたけど、その感情の処理のしかたは分かっていた。今はこう、けれどいつか。そういうことだ。

30分ほどして静流が帰ってきた。ぼくは自分のベッドの上に座り、フィリップ・ロスの『さよならコロンバス』を読んでいた。彼女がダイニングに入ってくるのが見えた。

「ただいま」と彼女が言って「おかえり」とぼくが応《こた》えた。

テーブルの封筒に気付き、彼女がはっと緊張するのが分かった。

「誠人は?」

ぼくは小さくかぶりを振った。

「駄目だったの?」

「うん、駄目だった」

驚いたように訊く。

「佳作も?」

「うん、何にも」

「信じられない」と彼女は言った。「そんなはずない」とも言った。それから「嘘《うそ》ついてるの?」とぼくに訊《たず》ねた。

「嘘じゃない。嘘ならいいんだけど」

ほら、と言ってベッドの上に広げられた通知の書類を指さした。彼女はそれでもまだ疑うような目でぼくを見ていた。あるいは期待を込めた眼差《まなざ》しで。

ベッドの際まで歩いてくると、手を伸ばし、ぼくの目をみつめながら書類を拾い上げる。引き寄せ、視線を落とし、にわかに表情を強ばらせた。

「うそっ」と彼女は言った。

「なんで?・」とぼくを見る。

「そんな気はしてた」

「そんなはずないわ!」

「そうなんだよ」

「だって――」

「それより、静流の結果を早く見ようよ」

彼女はすっかり忘れていたようだ。ぼくの言葉で視線をスモックのポケットに落とす。

「そう、それ」

彼女は封筒を手に取ると、掲げて透かし見るような仕草を見せた。それから封を切り、中から通知の紙を出した。紙面に視線を向ける。

「うそっ」と彼女は言った。

「なんで?・」とぼくを見る。

「そんな気はしてた」とぼくは言った。実際、そんな気がしてた。

「おめでとう」と言って、彼女の肘《ひじ》に手を添えた。

彼女は泣き出しそうだった。

「なんで?」

もう一度通知に目を遣《や》り、いよいよほんとに泣き出しそうになった。

「なんで?」


グランプリではなかったけど、次席の特別賞だった。見事なものだ。予感はあった。彼女が撮る写真は特別だった。審査は実に公平だった。

ひとしきり泣いた後、彼女は派手な音を立てて鼻をかんだ。

「もういいだろ? なんで選外のぼくが受賞した静流を慰めなきゃいけないんだよ」

冗談めかして言うと、彼女が奇妙な笑みを見せた。

「ほんとよね。なんでかしら」

「ぼくはこの結果に納得している。だから静流もこの結果に納得して欲しい」

ベッドの上で隣に座る静流に言った。

「ぼくが審査員でも、やっぱりこのようにしたと思う」

「私なら誠人の写真を選んだ」

うん、とぼくはうなずいた。

「でも、ぼくは分かってるんだ。多くのひとはそう思わないって」

だから、と続けた。

「もっと勉強さ。駄目だって分かってるんだから、伸びる余地はある。そうだよね?」

ようやく彼女も本当の笑みを見せてくれた。静かにうなずく。

「そんな誠人が好きよ」と彼女が言った。

どさくさに紛れて放った、かなり際どい言葉だった。

「ありがとう」とぼくは言った。

少し迷ってから、とりあえずはそれだけにしておくことにした。

「うん、ありがとう」

それからぼくは静流に訊いた。

「特別賞のお祝いは何がいい? 何か欲しいものはある?」

MFレンズの状態のいい中古があって、それを欲しがっていたのを思い出した。少し値は張るけど、アルバイトをがんばれば何とかなるかもしれない。

ぼくから言い出そうかと口を開きかけたところで、静流が訊ねた。

「ほんとに何でもいいの?」

そう言われると少し身構えてしまう。けれど、彼女が決して無茶を言う女性ではないと知っていたので鷹揚《おうよう》にうなずいて見せた。

「何でもいいよ」

「ほんとに？」

「ほんとに」

「聞いてから、それは無しって言わない？」

ふと不安になって確かめてみる。

「それって、とてつもなく高い物だったりしないよね？」

「高い？」

「うん。ぼくの経済状態知ってるよね？」

「大丈夫よ。タダだもん」

何だろう？　逆に不安になった。

「うん、分かった。言ってごらん」

ええとね、と彼女は言った。それからもう一度、ええとね、と繰り返した。

「ええとね、が欲しいの？」

からかうと、彼女が頬を薄桃色に染めた。こんな静流を見るのは珍しい。彼女は俯《うつむ》き、腿《もも》の上で組んだ小さな手をじっと見ていた。

「ごめん。真面目になろう。さあ、言って」

そう言って促した。

それでも彼女は言い出せずにいた。両手の指を絡ませ、そして解く作業を繰り返している。それはポンプで水を汲《く》み上げる行為に似ていた。そうやって彼女は、胸の奥にある言葉を口元へと少しずつ運んでいた。ずいぶんと長い時間が過ぎ、やがて彼女の手が止まった。言葉がするりと彼女の唇の隙間を抜けて外に零《こぼ》れ出た。

「キスして」

小さな隙間から放たれた、小さな声だった。

「キスして欲しい」

彼女は相変わらず自分の指を見つめていた。

「うん」

ぼくはすぐにうなずいた。

「しよう」

迷いを滲《にじ》ませないように、ぼくは山頂アタックを決意したパーティーの隊長のように勇ましく言い放った。

「しようよ」

ぼくのあまりに早い返答に、静流が驚いたような表情を見せた。顔を上げ、ぼくをじっと見つめる。

「いいの?」

「うん」

「だって―――」

「いいんだよ」

ぼくは言った。

「ああ、でもやっぱり——」

「もう遅い。決定だ」

彼女は早くも後悔したように、迷うような表情を見せていた。

「これって——」

先の言葉を制して、ぼくは言った。

「今？　すぐがいい？」

彼女はぼくの目を見つめたまま、ずっと考えていた。迷いがあり、後悔があり、そして期待があった。友情があり、罪の意識があり、そして恋があった。彼女はレンズの奥の目を何度もしばたたかせた。何度も鼻を啜り、そして最後に決意した。

「今でなく、明日」

彼女が言った。

「今でなく？」

ええ、とうなずいた。

「初めてのキスよ」

「そうだね」とぼくは言った。

「それなのに、鼻水でしょっぱい味がしたなんて嫌だもん」

彼女の目は真剣だった。そして、確かに鼻水が光っていた。

「髪も服も駄目。特別なことなんだから、最高の自分で臨みたいの」

「そうなのかな?」

「そうよ。今じゃなきゃ駄目なんて言わないでしょ?」

「言わないよ。期間限定というわけじゃない」

明日、と静流は言った。

「明日お願いします」

「了解」


その夜、静流がビーンズクッションを抱えて、ぼくの部屋に来た。

「隣で寝ていい?」

「いいよ」

ぼくは答えた。それが自然なような気もしていた。

彼女はベッドの横にクッションを置くと、その中に丸くなって収まった。

「少しきゅうくつになってきたね」

「背が伸びたから」

「うん、今度ベッドを買いに行こうよ」

そうね、と彼女が言った。あまり興味のないような声だった。

ああ、と彼女が言った。

「なに?」

「この部屋の天井は、ダイニングと色が違うのね」

「そうかな。気付かなかったよ」

「こんなすぐ目の前にあるのにね」

「うん」

「気付いていないことってたくさんあるわ」

「そうだね」

「ねえ、憶《おぼ》えてる?」と静流が訊いた。

「うん?」

「私がここで暮らすことになった初めての夜」

「うん」

「ワインのせいでなかなか寝付けなかった」

「そうだね」

「いまもそうよ。眠くないの」

「今日はいろんなことがあったから」

「そうね」

そして彼女は少し不安そうな声で言った。

「今日で世界が終わったりはしないわよね?」

「大丈夫」

ぼくは言った。

「ちゃんと明日は来るよ」

寝返りを打って横を向くと静流と目が合った。なに？　と静流が目で訊くので、別に、とぼくは目で応えた。人との交わりを避けていたぼくが、ここまで親密なコミュニケーションを取れるようになったというのも、ちょっとした感動だった。

「いろんなことを思い出すの」

ぼくの目を見ながら彼女が言った。寛容と慈愛に満ちた眼差しだった。何故《なぜ》そんなふうにぼくを見るのか、少し不安に感じたぐらいだ。

「初めて出会ったときのこと」

「国道の横断歩道？」

「ええ。ちっとも甘くないザッハトルテみたいな横断歩道」

オレンジ色の淡い光の中で、彼女がくすっと笑った。

「それから、誰もいない学食で、あなたの隣に座ったわ」

「そうだったね」

「『ねえ、隣空《あ》いてる？』って訊いたら、『みたいだね』って誠人言った」

「よく憶えているね？」

「全て憶えているわ。1秒でも忘れたくないの。全てが私の宝だから」

「そうなの？」

「そうなの」

夜明け前の横断歩道、ナナカマドの木、あなたの肩車——

静流は思いつくままに、二人の挿話《エピソード》を並べていった。

「あなたが買ってきてくれたドーナツビスケット」

「憶えているよ」

「あれを食べて、私は泣いたわ」

「泣いたね」

「あれはあなたに恋してたから。だから悲しかったの」

「うん、分かってるよ」

「泣いている私を、あなたは抱きしめてくれた」

「うん」

「嬉しかった」

「そう？」

「ええ。きっとあなたには想像もできないくらいに」

「できるさ」

彼女は静かにかぶりを振った。

「無理よ」と静流は言った。

「あなたは私じゃないもの」

ぼくはしばらく考えてから言った。

「たしかに」

静流がにっこりと微笑んだ。

「誠人の癖ね」

「癖?」

「『たしかに』って言うの」

「そうかな?」

「そうよ」

「知らなかった」

「人って、自分自身のことよく知らないものなのよね」

「そうなんだね」

そして彼女はピリオドを置くように小さな溜息をついた。ページをめくるような空白があり、それから静流はまた別の話を始めた。

「ねえ」と彼女は言った。

「人って、生まれて来るときは何も持っていなかったのよね」

「そうだね」

「身につける服さえ無くて、裸のままで」

「うん」

「一生懸命小さな手を握りしめていたのに、その中には何も入ってなかったのよ」

憶えてる？　と彼女が訊いた。

「残念ながら」とぼくは答えた。

「記憶力は良くないんだ」

「私はなんとなく憶えているような気もするの」

「ほんとに？」

「ぼんやりと。すごく寂しかった」

「何もないから？」

「きっと」

それが偽りの記憶だとしても、彼女の『寂しい』という気持ちは真実だった。誰にでも在《あ》る、心の深奥《しんおう》の永久凍土から吹き来る風のことを彼女は語っているのだ。

でね、と静流は続けた。

「たくさん集めたの」

「うん」

「でも、やっぱり寂しい」

彼女は微笑んだ。涙を流す代わりに笑ってみた。そんな感じの笑みだった。

「こんなにもたくさんの思い出に囲まれながら」

彼女は言った。

「なんで寂しいのかしら?」

ぼくは答えることが出来ず、そして彼女も答えを求めていたわけではなかった。おそらくそれはぼくに向けた言葉ですらなかった。思わず零れ出た吐息のようなものだったのかもしれない。

「それでも」と彼女は言った。

「こうやってあなたの近くにいると、寂しさも紛れて温かい気持ちになれる」

「うん」

そして彼女は静かに目を閉じた。

「眠くなったみたい」

「そう?」

「ええ、眠ることにするわ」

彼女は毛布を鼻の辺りまで引き上げた。

「おやすみなさい」

「おやすみ」

そしてぼくらは、すみやかに眠りに落ちていった。穏やかで温かな眠りだった。

＊

次の日は朝から雨だった。それでも静流は舞台は「天国」と決めていた。ぼくらは、午後の三時に自然公園の森で落ち合うことにした。彼女はその間に髪をカットしてくるはずだった。

この日は春学期のオリエンテーションがあったが、幸いなことにみゆきはキャンパスには顔を見せなかった。道義的な問題は何も無いにも関わらず、ぼくの胸には、なまくらなカミソリで切られたようなじくじくとした痛みがあった。もし会うことがあっても、また以前のように彼女の肩口しか見ることができなかっただろう。

時間になると、ぼくは傘をさして自然公園に向かった。手押し信号で国道を渡り、森を目指して歩いた。雨は僻者《ひがもの》の愚痴のようにいつまでも止むことがなかった。広場を抜け、小川に沿って歩き、森の奥へと向かった。

池のほとりに静流がいた。

見たことのない、小さな花を散りばめたような淡い色のワンピースを着ていた。顔は杏子《あんず》色の傘の中に隠れていた。

「静流」

ぼくが声を掛けると、彼女が振り向いた。顔が見えた。眼鏡は掛けていない。髪はまるで花嫁みたいにきれいに編み込まれている。

「うわあ」と思わずぼくは声を上げた。

「すごくいいよ」

「ありがとう」

彼女は恥ずかしそうに視線を落とした。

「雨止まなかったね」

ぼくが言うと、静流は「そうね。でも、平気」と言って空を見上げた。

「霧みたいな雨」

そしてぼくの顔を見て「ちょっと準備があるの」と自分のトートバッグを指さした。

「セルフポートレート」

「え？　撮るの？」

「そう、記念だもん」

えへへ、と笑った。前歯が抜けたその笑顔は、ぼくを懐かしい気持ちにさせた。

それからがちょっと忙しかった。まず、二人の立ち位置を決め（ナナカマドの木の近くに大きな切り株があった。そこが彼女の踏み台となった。4センチ背が伸びたとはいえ、彼女がとても小柄な女性であることに変わりはなかった）、それから三脚を立たせ、静流の一眼レフをセットした。雨が気になるのでカメラにはタオルを被せた。

ぼくがまず切り株に立ち、彼女がファインダーを覗きながら構図を決め、フォーカスを当て、絞りを調整した。

全てが決まると、彼女はカメラから離れ、ぼくのもとに来た。一眼レフには赤外線によるワイヤレスリモコンが付いていた。彼女の手にはそのコントローラーがあった。

傘をささずに作業をしていたので、すでに彼女の髪が濡れていた。ぼくは傘を閉じ、切り株の隣に立った。そして、さあどうぞ、というふうに静流を手で招いた。

彼女は目を大きく広げ、戯《おど》けた仕草で胸に当てた手を揺らした。ふう、と頬を膨らませ息を吐き、それからぼくが差し伸べた手を支えにして切り株の上に立った。よく見ると、静流はものすごいヒールのパンプスを履いていた。10センチはあったかもしれない。彼女のあの小さな足にあうパンプスを見つけるのはそうとう苦労したんじゃないだろうか。

こうやって向かい合うと、彼女の顔がずいぶんと近くにあった。今までにない新鮮な眺めだった。彼女は薄く化粧をしていた。綺麗だと感じたけれど、口に出すことは出来なかった。ただ、だまってうなずいた。

「さて」と彼女が言った。

緊張で何度も唇を舐《な》める。忙《せわ》しなく瞬きを繰り返し、手のひらをワンピースで拭《ぬぐ》った。「じゃあ、お願いします」

もちろん、ぼくだってそうとうに緊張していた。だからなのか、そう言われた瞬間に、それまでに考えていた手順を全て忘れてしまった。初心者なりに最高の演出をとあれこれ考えていたのだけれど、見事なまでに何も思い出せなかった。しかし、それで逆に落ち着くことが出来た。思いのままに振る舞えばいい。自分の望むままに。そう思ったら、ふっと肩の力が抜けた。

静流の肩に手を掛け顔を寄せた。間近までじっとぼくの目を見ていた彼女は、最後の瞬間に静かに瞼《まぶた》を閉じた。

まず鼻が触れ、気付いて顔を傾け、それから唇が合わさった。その瞬間、彼女が怯《おび》えたように首を竦《すく》めた。薄い瞼の下で彼女の瞳が忙しなく動いているのが分かった。額を雨の雫《しずく》が流れ、それは彼女の眉《まゆ》の中に吸い込まれていった。まだキスと言うよりは、唇の近くの皮膚が触れ合った、という感じにしか過ぎないような気がした。彼女もまだシャッターを切らない。

ぼくがさらに静流を引き寄せると、及び腰で上体を突き出していた彼女の身体《からだ》が大きく傾《かし》いだ。それまでどこにあったのか知らないけれど、突然彼女の腕が現れ、ぼくの首に巻きついた。

それが合図のように、キスはいよいよ本格的になってきた。

ぼくはもどかしさから、肩に置いてあった手を背中に回し、彼女の身体を抱き寄せた。腰に彼女の腰を感じ、胸に彼女の胸を感じた。触れ合った部分だけが熱を持ち、敏感になっていた。彼女が耐えきれなくなって、口を開き息を吸った。それに乗じてぼくはさらに深い部分を目指した。唇の内側のピンク色した柔らかな部分が触れ合い、また新しい感触をぼくは発見した。乾いたキスが濡れたキスに変わり、二人の行為が性的な色を帯びてきた。何かをしたいのだけれど何をすればいいのか分からなかった。もっと先があるような気がして、もっと先に進みたかった。

雨の中二人は抱き合い、唇を重ね、我を忘れていた。彼女の唇こそが世界だった。それ以外は瑣《さ》末《まつ》な脚注に過ぎなかった。

ふとした瞬間に舌の先が彼女の歯に触れた。それもまた新しい感触の発見だった。ぼくはひとつひとつ彼女の小さな歯の感触を確かめていった。そしてあの抜けた犬歯の場所に辿《たど》り着き、ぼくの舌は彼女の柔らかな歯茎を感じ取った。舌の先がちょうどすっぽりとそこに収まり、なんだか気持ちよかった。

静流が薄目を開き、何かを言いたげな視線を寄越《よこ》した。けれど、じっと見つめ返すと、また瞼は閉じられていった。

もう一度、彼女が息を吸い込んだその時、彼女の舌がぼくの舌に触れた。フレンチキスという言葉は知っていたけど、それがどういうものだか、このときのぼくはまだ知らなかった。

だから、これもまたぼくらが発見したオリジナルなキスなんだと思っていた。舌と舌を触れ合わせ、互いの歯の感触を確かめ合う。あまりに気が高ぶりすぎて、時間の感覚が失われていた。このキスのあいだに、地球がくるくると何度も回っているような気がした。

やがてぼくらは一度離れ、照れたように見つめ合い、それから二度目のキスをした。

彼女の身体が震えているのが分かった。閉じられた瞼のあいだから涙があふれ出て、彼女のほほを伝った。それはぼくのほほにも伝わり、合わせた唇の縁を流れていった。

首の後ろに回された彼女の腕に力が入るのを感じた。

3m先にある静流の一眼レフが二人の姿をフィルムに焼き付けていた。何度も何度もシャッターは切られた。カシャ、カシャと音を立て、カメラは記録していた。

二人の上を、「水曜日」が「メルクルディ！　メルクルディ！」と、まるでぼくらを祝福するように鳴きながら旋回していた。

雨の中のキスはフィルムが無くなるまでずっと続いた。


やっぱり、と静流が言った。

「しょっぱいキスになっちゃったね」

「ああ、そうだね」

全ての機材をトートバッグに収めると、彼女は杏子色の傘をさした。

「もうちょっと、ここにいる」

「なんで?」

「余韻を楽しむの」

あなたは先に行って、と彼女は言った。

「ひとりで浸っていたいの」

「いいけど、雨に濡れたんだから早く乾かしたほうがいいよ」

「分かった」

「じゃあ、先に帰ってるよ」

「ええ」

そして歩き出すと、背中に声を掛けられた。

「少しは……」

振り向くと彼女が不器用な笑みを浮かべていた。今日の笑みは30%といったところだった。

「キスの時」

彼女は言った。

「うん」

「少しは愛はあったのかしら?」

あったよ、とぼくは答えた。

「大丈夫、ぼくは愛の無いキスはしないから」

良かった、と言って、彼女は右手を自分の胸に当てた。

「そうだ」

思いついてぼくは彼女に言ってみた。

「今夜はまた、ワインを買って飲もうよ」

「いいわね」

「初めて静流が来た夜みたいにさ、ほうれん草のソテーのオーロラ風とか作ってさ、お祝いしよう」

「お祝い?」

「そう。いろんな意味でね」

分かった、と彼女は言った。

「じゃあ、先に帰っているからね。すぐにおいでよ」

「ええ」

「じゃあね」

「うん」

そして、ぼくは後ろも振り向かず、そのまま森を後にした。


その夜、ぼくらがワインを飲むことはなかった。静流がぼくのアパートに帰って来ることは、もう二度となかったのだから。

*

置き手紙には「賞を取って自信がつきました。フランスに行ってもっと勉強してみます」と書かれてあった。

不器用な彼女らしい不器用な嘘だった。さんざん嘘をつかれてきたぼくには、ちょっと物足りなく感じられるぐらいだった。

ぼくらは誰もが気を遣いすぎ、なのに相手の心を汲み取ることができずに、結局なにも始められぬまま終わってしまった。

ぼくは愚かな男だったけど、「失った後で気付いた」と言うほど愚かしくはなかった。自分の気持ちには気付いていた。ただ、どうすればいいのか分からなかったのだ。そして、いたずらに時を費やしてしまった。みゆきがぼくに寄せてくれた思いは、大声で叫び出したくなるほど嬉しかった。18歳のときからずっと憧れていた女性だ。美しく、聡明《そうめい》で、誰もが好きになる。けれども、ぼくはいつの間にか、小《ち》っちゃくて、おでこが迫《せ》り出していて、鼻ばかり啜っている変わり者の女の子を愛し始めていた。

ぼくはみゆきに気遣い、みゆきは静流に気遣い、静流はぼくとみゆきに気遣って、誰もが動くことが出来なくなっていた。

そしてぼくは静流の決意を知らず、静流はぼくの心を知らぬまま、このような結末を迎えてしまった。

もっと早くぼくが1歩を踏み出していたら、と思う。

あの森の中のキスはぼくなりの静流へのメッセージのつもりだった。でも、遅かった。ぼくはこれが最初のキスで、それからずっと先があるものだと思っていた。けれど、静流にとってはこれが最後のキスだった。これほど二人の思いはすれ違っていたのに、それでもあれほど素晴らしいキスができたというのは奇蹟《きせき》のようだった。

彼女の家を訪ねてみたけど、母親はけんもほろろで、まったく取り付く島もなかった。学生課で訊いてみると、静流は休学扱いになっているということだった。

もちろん、あの二人にも訊いてみた。縦に長い子と横に広い子。けれど、二人も静流の行き先は知らなかった。さすがに彼女たちも寂しそうで、もし連絡が付いたらすぐに教えてと、逆にぼくが頼まれてしまった。

経緯《いきさつ》から考えて、静流がみゆきに何かを告げているはずもなく、結局、たいしたこともしないうちに、全ては手詰まりになってしまった。

この頃からぼくは体調を崩し始め、黄金週間《ゴールデンウイーク》に入る頃には、すっかり動けなくなってしまった。39度を超える熱が続き、咳《せき》が止まらなかった。アパートから出ることも出来ず、食料が底をつき、ぼくの命もつきかけたような気がした。

全身の関節が熱で痛かった。頭は朦朧《もうろう》とし、静流の幻覚が何度も現れた。

彼女はいつものスモック姿で、ベッドの脇に座りクロスワードパズルを解いていた。「キティよ！」と叫ぶ声までぼくには聞こえた。別の時には酔っぱらった静流が「柔らかなおっぱいよこんにちは!!」と嬉しそうに声を上げている姿を見たこともある。あるいは、ふとダイニングに目を遣《や》ると、ビーンズクッションに収まった彼女が、文庫本を読んでいるのが見えることもあった。

そうとうに危険な状態に陥っていたんだと思う。黄金週間明けの最後の数日の記憶はほとんど無かった。

休みが明けても学校に姿を現さないぼくを心配して、関口が代表で訪ねてきたとき、ぼくはペットボトルが何本か転がったベッドの上でサナギのように丸まって眠っていた。熱は治まりかけていたが、長く絶食状態が続いていたので、そうとうに弱っていた。

ふと気付いたときには関口に背負われ、アパートの階段を降りていた。

「ああ……」とぼくは言葉にならない声を漏らした。

「心配するな。病院に連れてってやるから。タクシーを呼んである」

「臭《にお》い」とぼくは呟《つぶや》いた。実際にはもう何日も薬は使っていなかったけど、まず頭に浮かんだのはそのことだった。悲しい習性だった。

「臭い?」と関口が訝《いぶか》るような声を上げた。そしてすぐに「あれか!」と合点がいったように声を上げた。

「パン屋のアルバイトの厚化粧女みたいな匂《にお》いな」

「知ってたの?」

「当たり前だろ? お前の目には見えなかったのか? 俺《おれ》の顔の中央に2つ穴が空いているのが。これは何のためにあると思ってるんだ?」

ははっ、とぼくは力無く笑った。

「みんな気付いてるさ」

「そうなの?」

「みんな顔の中央に穴が2つあるからな。ただ、お前がそのことに触れて欲しくないみたいだったから黙ってたんだよ」

俺たちって奥ゆかしいよな、と関口は言った。

「ありがとう……」

気も弱っていたのか、ぼくは涙をぽろぽろと流した。

泣きながら、ありがとう、ありがとう、と繰り返すぼくを、関口は本当に鬱陶《うっとう》しがっているようだった。

「やめろよ。気味悪いよ。泣くなよ」

それでも、ぼくは涙を止めることが出来ず、関口に嫌がられながら、タクシーに放り込まれるまで、ずっと「ありがとう」と言い続けていた。

*

「俺はやっぱり国連の職員を目指すことに決めたよ」

白浜が言った。

「大学院に残って勉強を続ける。それからフランス語も勉強しないとな」

最後まで悩んでいたようだが、結局白浜は子供の頃からの夢を追い続ける道を選んだ。

「じゃあ、とりあえず白浜をのぞいて、全員決まりだな」

関口が言った。

彼は外国映画専門の配給会社に就職を決めていた。初めは無難に商社狙《ねら》いだったのが、ほとんど新卒採用の無いこの業界にコースを変更したのは、やっぱり映画の近くに身を置いていたいという彼の強い思いからだった。凄《すさ》まじい倍率だったらしいが、彼の熱意と、高いレベルの語学力が最後は決め手となったようだ。『ゴッドファーザー』3部作をネイティブのような発音で完全に再現することができる彼の能力はだてではなかった。

「まあ、長かったけど、ようやく落ち着いて卒業論文に取りかかれるな」

「乾杯しましょ」と早樹が言った。

「そうだな」

誠人、と言って関口がぼくを見た。

「お前が決まるまでお預けだったんだから、乾杯の音頭をやってもらうよ」

「分かった」

じゃあ、と言ってビールのジョッキを掲げた。

「ご心配おかけしましたけど、昨日出版社から内定の通知をもらいました。みなさんもご苦労様でした。そしておめでとう。乾杯」

乾杯！　といくつもの声が上がって、グラスがガチャガチャと音を立てた。

「みゆきが1番乗りだったね」

早樹が言った。

「私は縁故採用みたいなものだから。みんなに申し訳ないぐらい」

みゆきは本当に申し訳なさそうに身を縮めていた。

「で、私が2番目」

そう言った早樹は大手の旅行代理店に就職を決めていた。

「意外だったのは由香よね」

「そうかしら」

由香は「占いの館」の占い師になった。すでに週末は働いている。恋する前から恋に絶望している彼女が、どうやって恋占いをするのか見てみたい気もした。

「でも、人気なんですって?」

「そうね。自分で言うのもなんだけど、私の占いはよく当たるから」

「じゃあ、俺を占ってくれよ」

白浜が言った。

「俺の恋の行方を観てくれないか?」

「なに寝ぼけたこと言ってんだよ」

関口が失笑混じりの言葉を白浜に向けて放った。

「お前の恋なんて、フルスイングで打ち返されて、いまごろ衛星軌道を回ってら」

第一な、と彼は白浜の頭を指さした。

「つむじが2つある奴が恋なんかしちゃいけないんだよ」

けれど、白浜は少しも意に介さぬ様子で、不遜《ふそん》な笑みを浮かべていた。

「それは分からないぜ」

彼はちらりとみゆきに視線を向けた。

「少なくとも明日が来る限り、どんなことだって起こりうるんだ」

相変わらずの自信家ぶりだった。しかし、ここまで自分という存在に揺るぎない信頼を置けることの男を、ぼくは羨《うらや》ましくも感じていた。

「私もそう思うわ」

みゆきが言った。

「だって、それが恋でしょ?」

意見が合ったな、と白浜は嬉しそうだった。

「みゆきがそうやって甘やかすからつけ上がるんだよ」

関口が嘆くように言った。

「こいつはきわめて直截《ちょくせつ》的な人間なんだから、遠回しな拒絶はかえって不親切ってもんだ」

おいおい、と白浜が身を乗り出した。

「それはないだろ? 俺は見かけ以上に繊細なんだぜ。みゆきが、信じられないことだが――」

そこでぼくに視線を向け、

「この、永遠の初心者たる誠人坊やに失恋したらしいってことには、ちゃんと気付いている」

そう言ってから、「これは、非公開機密だったか?」と訊ねた。

「大丈夫よ」とみゆきが答えた。

「気を遣わないで」

白浜はうなずき、だから、と続けた。

「俺が言っているのは、今でなく先の話さ。人の気持ちは変わるもんだろ?　それに俺だって変わっていく。到達しうる最高の俺ってもんがあって、1秒ごとにそこに近付いているんだから」

どことなくこの白浜の言葉に関口は感銘を受けたようだった。もう、軽口を叩《たた》くだけのエネルギーは残っていそうにもなかった。

「まあ、いいさ」と彼は言った。

「とにかく、俺はいち抜けたよ」

関口はみゆきに向かって小さく手を振った。

「俺はそんなドン・キホーテ的な蛮勇《ばんゆう》とはおさらばだ」

「なんだよそれ」

白浜は初耳だというように、意外そうな顔をした。

「そんな話知らないぞ」

「なら、白浜の繊細さっていうのもたいしたもんじゃないな」

「ねえ」とみゆきが言った。

「それじゃあ、私は巨人に間違われた風車なの?」

「並の男にとってはな」

関口の言葉に、みゆきは少し悲しそうな顔をした。

「私もひとりの女よ」

彼女は言った。

「好きな人の前に立ち、愛してほしいと願ってるだけなの」

わおっ、と関口が手を叩いて喜んだ。

「さすがみゆきだ」

彼はぼくに顔を向け言った。

「ジュリア・ロバーツの科白《せりふ》だよ。『ノッティング・ヒルの恋人』、リチャード・カーティスの脚本は最高だった」

「そうね」

みゆきがうなずいた。

「やっぱり、みゆきにはかなわないよ」

関口はうれしそうだった。みゆきもにこにこと笑っていた。

「まあ、俺は俺にふさわしい相手をみつけるさ」

そう言った関口の横で早樹が顔を赤らめ俯いた。いつものように関口は気付かないふりをしていた。

「なあ」と白浜が話を蒸し返すべく口を開いた。

「それじゃあ、誠人は並の男じゃなかったってことになるのか？　この世界一いい女であるみゆきを袖《そで》にしたんだぜ」

みゆきが白浜にパンチを浴びせる真似《まね》をした。

「それはあまりに言い過ぎよ」

「いやいや、俺にとっては世界一なんだよ、みゆきは」

彼女は、極《きま》り悪そうな顔をして黙ってしまった。

「まあそうだな」と関口が言った。

「誠人が並の男でないことは確かだ」

そしてぼくを見ながらにやりと笑った。

「それが並以上なのか並以下なのかは別にしても」

「ねえ、どうでもいいけど」と由香が言った。

「占いの結果が出たわよ」

彼女はテーブルの隅で何やらカードを何枚も並べていた。

「そうね」と彼女は言った。

「白浜くんの恋愛運が上昇するのは、今度は12年後ね。それまでは、まったく駄目みたい」


店を出て、駅までの道をみゆきと並んで歩いた。

「ああ、楽しかった」

「そうだね」

微《かす》かに風があった。火照《ほて》った頬に心地いい。他の連中は、ぼくらの10mほど前を歩いていた。

「白浜くんのあの顔」とみゆきが言った。

「すごいショックだったみたいね」

「うん。あんな実証的な人間なのにね」

「理屈じゃないのよ、こういうのって」

彼女は手を後ろに組んで、自分のつま先を見ながらくつろいだ様子で歩いている。アルコールのせいなのか、いつになく上機嫌で、自由に振る舞うことを楽しんでいるようにも見える。

「白浜くんは、ああ言ったけど」

彼女は、そこで何が可笑《おか》しいのかくすりと笑った。

「考えたら、まだ私きちんと失恋していないような気がするんですけど」

そう言ってぼくの顔を覗き込んだ。

「でも、きちんと告白していないんだから、しかたないかしらね?」

「酔ってるね」

「酔ってないわよ。酔ったふりして、ふだん言えないことを言ってるだけ」

みゆきは「ふうっ」と溜息をつき、それから身体を傾がせ、半歩ほど車道側に踏み出した。とっさに腕を摑《つか》み、ぼくは彼女を引き戻した。

「ごめんなさい、ありがとう」とみゆきが言った。

「やっぱり少し酔っているみたい」

ぼくは彼女のバランスを確かめてから、そっと手を離した。

「ありがとう」と、もう一度彼女が言った。

ぼくが無言でうなずくと、彼女は俯き、今度は身体の前で手を組んだ。

関口がなにか冗談を言ったらしく、みんなが笑う声が聞こえた。彼の隣を歩く早樹が、嬉しそうに肩を揺らして笑っているのが見えた。

二人の距離は、おそらく彼らが思っている以上に近付いていた。すでに触れ合っているのと変わらないほどに。

ぼくは隣を行くみゆきに意識を戻した。

美しい女性だと思った。あまりに魅力的で、いまでさえ正視するには努力が必要だった。4年間憧《あこが》れ続けてきた女性。きっとこれからもぼくはこの女性のことを思い続けるだろう。痛いほどに瑞々《みずみず》しく、息が詰まるほど切ない憧憬《どうけい》を胸に抱えて。

ぼくは言った。

「あのアパートで、ぼくは静流の帰りを待つことにするよ。どのくらい待つことになるのか分からないけれど」

みゆきは何も言わず、俯いたまま何度かうなずいた。カツカツとパンプスの踵《かかと》を鳴らし、変わらぬペースで歩いていく。無意識のうちに、左手にはめたブレスレットに触れていた。アメジスト。愛の石。

やがて彼女は顔を上げ、大きく息を吐いた。

「うん」と彼女は言った。

「これできちんと失恋できたわ」

長い髪をかき上げ、その仕草に紛れるようにして目の縁を拭った。もう一度短く息を吐き、彼女は夜空を見上げた。

ああ、と感嘆の声を上げる。

「星が綺麗」

「そうだね」

「ねえ」

「うん」

「流れ星」と彼女は言った。

「天体写真を撮りに行くって約束、まだ果たしてもらってないわ」

「もうすぐだよ。11月の中頃になったら、しし座流星群がやってくるから、そしたら山に行こうよ」

「みんなも一緒に誘ってみようか」

「うん。楽しそうだね」

「暖かい格好して、熱いコーヒー、ポットに入れて」

「冬のピクニックだね」

「そんな感じ」

みゆきは嬉しそうに微笑み、そしてまたそっと涙を拭った。

「静流も一緒に行けたら楽しかったのにね」

「でも、きっと嫌がるよ。静流は白浜とか関口のこと苦手にしてたから」

「そうね……」

彼女は寂しそうに言って、右手で自分の首もとを確かめるような仕草をした。赤いビーズのネックレスが彼女の細く白い首に掛けられていた。

「静流」と彼女が言った。

「うん」

「静流、帰ってくるよね」

「そう信じてるけど」

「そうよね。でないと私――」

けれど、その先の言葉は、結局どれだけ待っても語られることはなかった。彼女が何を言おうとしたのか、ぼくにはおそらく分かっているはずだった。でも、確信を持ってそうと言えるわけじゃない。これまでもずっとそうだったように、人の心を汲み取るには、ぼくらはあまりにも不完全な生き物だったから。

(この地球に暮らす私たちは、これから何処《どこ》へ行こうとしているのかしら?)

そんな静流の言葉を思い出した。片思いの惑星で生きるべきぼくらが、何かの手違いでこの星に生まれてきてしまったのだとしたら、恋がこれほどまでに難しいというのも当然のことだと納得できる。きっと、そうなんだと思う。いつかはぼくらも進化して、言葉になる前の思いさえも、きちんと汲み取ることが出来るようになるのだろう。頭の上の赤や青の矢印は、いまよりももっと鮮明に見えてくるはずだ。途切れた言葉の先も、確信を持ってそうと言えるようになる。

けれどその日までは——ぼくらは不完全な心を抱えたまま、傷つけ傷つけられながら不器用な笑みを浮かべて生きていくしかないのだ。

「みゆき」とぼくは言った。

「ちょっと早いけど、この4年間、ほんとにありがとう。きみのおかげで最高のカレッジライフを送ることが出来た」

みゆきは突然のぼくの言葉に、戸惑うような表情を浮かべた。

「あの日、学生食堂できみがぼくに声を掛けてくれた時、あの瞬間から、この大学での本当の生活が始まったんだと思う。すごく嬉しかったんだ」

彼女の顔から戸惑いの色が消えた。いつものくつろいだ笑みが戻ってくる。

誠人、と彼女がぼくの名を呼んだ。

「うん」

「ひとつだけ正直に」

「なに?」

「あの瞬間に」と彼女は言った。

「誠人は、恋に落ちたのよね? この私に」

驚いた。すごく驚いて、びっくりした。

「なんで分かったの?」

「誠人の頭の上にね」とみゆきは笑いながら言った。

「私を向いた矢印が、ぴょこんと立ち上がったの」

ぼくは慌てて自分の頭の上を探った。もちろん、何もなかった。

彼女は嬉しそうにくすくす笑っていた。

「タイミングが悪かったのよね」

彼女は、仕方がないわね、というふうに肩を竦《すく》め、そのまま先に行ってしまった。

彼女のしなやかな後ろ姿を眺めながら、ぼくは考えていた。

もう進化は始まっている。

ぼくが思うよりも遙《はる》かに早く、彼女たちはより洗練され高品位になったセンシティビティーを獲得し始めているみたいだ。

ぼくだけがこの複雑な社会で、旧タイプのセンサーを抱えて右往左往しているような、そんな気さえしてきた。

「待ってよ」

ぼくは彼女を追いかけた。追いつける日が来るとは思えないけど、それでも今日よりはもう少しましな明日を迎えるために、ぼくは懸命にこの2本の足を交互に動かし、高みを目指して歩き続けていくしかないのだ。

ここから先は、少し長めのエピローグだと思ってもらえばいい。どんな物語にも事後譚《たん》があるように、ぼくらの話にも、そういったピリオドとなるような挿話《そうわ》というものが存在する。信じられないけれど、ぼくらの――――ぼくと静流とみゆきの話は、それをもって終わりを迎えることになる。大学卒業から2年、ある日アパートのポストに1通の封書が届いた。それが、終わりを迎えるための始まりの合図だった。

*

「瀬川誠人《せがわまこと》様」という宛名《あてな》を見て、すぐに気付いた。静流《しずる》の字だった。差出人の名前は無かったけれど、間違えようがない。

ぼくは部屋に入ると、肩から提《さ》げたカメラのバッグを床に下ろし、封を開いた。

「ねえ」と彼女は書き出していた。

「あなたの隣はまだ空《あ》いているのかしら?」

彼女は、ぼくらが初めて隣り合って座ったあの日のことをまだ憶えていた。こんな言葉で、静流はいともたやすくあの瞬間にぼくをいざなっていく。

「あの緑のビーンズクッションは? ジョン・ファウルズの文庫本は? そして、あのロシア語のいかがわしいクスリも、すべてまだそこにあるのかしら? 私の中では、あなたの部屋の眺めはどこも変わっていないの。何もかもが移ろっていくというのに、不思議なものよね」

ぼくは上着を脱ぐとベッドに腰を下ろし、その先を読み進めた。ビーンズクッションはぼくの背にあった。中央のへこみは彼女の肉体の記憶だった。まるで抜け殻みたいだな、とぼくはそれを見るたびにいつも思っていた。

「2年以上の月日が過ぎ去った今でも、あなたとの思い出は少しも損なわれることなく、私の胸の奥の一番深いところに大事に仕舞われています。私は1日のうちに何度も、あの国道であなたと初めて言葉を交わした瞬間に立ち返ってゆきます。背が高くて、とても痩《や》せてて、くしゃくしゃの髪をしていたあなた。『100mほど先に押しボタン式の信号があるから』って誠人は言ったわね。だから、そこを渡りなさいって。何であなたはあの時私に声を掛けたの? まるでタンポポの綿帽子に『ふっ』て息を吹きかけるみたいに、あなたは私の心に優しい風を呼んだ。私の小さな恋心はふわふわと漂って、あなたの肩にそっと止まったの。ずっと眠っていた種は芽を出し葉をつけ、そして花を咲かせたわ。

あなたに今の私を見てもらいたい。それはそれはみごとな花よ（貧弱な想像はしないでね）。何もかもがすごいんだから。どこもかしこも、あれもこれも。胸の開いたセクシーな服を着ている私を見たら、うぶで純情なあなたはきっと目を回しちゃうかもよ。大サービスで蒙古斑《もうこはん》の消えたスベスベのお尻《しり》を見せてあげてもいいわ。そう、ヌード写真だって撮らせてあげる。『ペントハウス』に売り込めるかもしれないわよ。

でも、きっとこれだけ書いても、あなたは小さかった頃の私しか想像できないんでしょうね。だって、最後にあなたが見たのは、乳歯が抜けて間の抜けた笑顔しか作れない私の姿だったんですもんね。ちゃんと歯だって生えてきたわよ。だからもう、あんなキスは二度とできないわね。

そう、とびきり素敵なキスだったわ。私が想像していたのはもっとさりげなくて初心者風のキスだったんだけど、なんだかものすごく熱が入ってしまったわよね。私を抱きしめるあなたの腕が、驚くほど力強かったことを憶えているわ。私の唇の柔らかな部分や、抜け落ちた犬歯の隙間《すきま》をあなたの舌が探っていた感触も、目をつぶればすぐに蘇《よみがえ》ってくる。

思い出しただけで泣けてくるほど素敵なキスって、すごいと思う。そんなキスをできた私は幸せ者だとも思います。ほんと最高に幸せな片思いだった。――ふう（思い出して溜息をついたの）。


さて、本題です。

私はいまニューヨークにいます。

確かに私はフランスに渡ったんだけど、そこである女性と知り合ったの。南仏の片田舎《かたいなか》をカメラを持って歩いていると、行く先々で同じ女性と出会うのよ。やっぱり彼女もフォトグラファーで、そのときは知らなかったんだけど、この世界ではとても有名な人だったの。中国系アメリカ人で、同じアジア人の顔をしているからすごく安心できるのね。すぐに打ち解けて、それから先はずっと彼女と一緒にフランスを回って旅をしたわ。ヨーロッパの他の国も幾《いく》つか回って、それから彼女はアメリカに帰ることになったんだけど、もし、その気があるなら自分の助手として私を迎え入れてあげるって言ってくれたの。すごく嬉しかった。それでもう、母鴨《ははがも》の後ろを付いていく雛《ひな》みたいに彼女にくっついてアメリカまで来てしまったというわけ。それからは彼女の助手をしながら、自分なりに勉強もしてきたわ。いつでも誠人のことを思いながら、ああ、きっと彼もがんばっているんだろうなって、そう信じて。

それで少し私なりに自信みたいなのがついて、ちょっと大それたことを考えてしまったの。つまり、ずうずうしくも、個展を開こうかなって、そう思っちゃったの。

経費は自分持ちだから、たいしたことはできないわ。知り合いのギャラリーを格安で貸してもらって、出展数もそんな多くはないし。でもね、私にとっては初めての個展だし、これまでの集大成みたいな意味もあるし、それをどうしても私の最初の先生である誠人に見てもらいたいと思ったの。『ああ、なかなかがんばったんだね』って、あなたに褒《ほ》めてもらいたいの。駄目かしら?

きっと忙しい毎日を送っているとは思うけど、私の一生のお願いを聞いて欲しい。そしたらもう二度と、こんなわがままは言わないから。ね?

いまは、チェルシーにルームメイトと部屋を借りて、チャイナタウンにある事務所に通ってます。下に住所を書いておくから、そこを訪ねてきて。個展のパンフレットも同封しておきます。お願いします。

里中静流

P.S. やっぱり、この一言だけは言わせて。
あなたを愛してる！　世界中の誰よりもあなたが好きよ!!」

*

半日も飛行機の中に閉じこめられて、ようやくのことでJFK空港に降り立ったときには、すでに日は完全に暮れ落ちていた。手持ちの資金が少ないので、タクシーを使うことが出来ず、空港バスと地下鉄を使ってチェルシーに向かった。23St.で地上に出て、夜のマンハッタンを歩いた。どの国も大きな街の夜景は似たようなものだ。光の奔流と雑踏のざわめき。汚れた月とタクシーのクラクション。

ぼくは手にした地図を頼りに、手紙にあった静流のアパートメントを探して歩いた。3ブロックほど南に下り、今度はハドソン川に向かってしばらく進んだ。やたらと古めかしく威厳のある建造物が目に付く。おそらくこの近くのはずだと見当を付けて、ひとつひとつ建物を確かめていく。さんざん歩き回って、結局何度もその前を通り過ぎていたイタリア風の高層建築物が実は目的の場所だったということに気付いた。思っていたよりもはるかに立派なアパートメントだった。エントランスにはドアマンまでいた。

ぼくは彼に静流からの手紙を見せ、彼女に会いに来たんだと告げた。初老のドアマンは、ぼくが訪れることを前もって聞いていたらしく、静かにうなずくと中に通してくれた。エレベーターで4階まで上り、部屋番号を確認しながら天井の高い廊下を歩いた。彼女の部屋はエレベーターから最も遠い場所にあった。プレートのナンバーを確かめ、ぼくは呼び鈴のボタンにゆっくりと指を伸ばした。けれど、指先が触れる直前になって、ぼくの腕が動かなくなった。

彼女には何の連絡もしないままに、ここまでやってきた。突然の訪問で驚かそうという気持ちもあったし、顔を見ながらでないと、何を話していいのか分からないという思いもあった。勢いでここまで来てしまったけれど、最後の瞬間にその勢いは急速に萎《しぼ》んでいった。

ひどく緊張していた。誰かがぼくのことを「永遠の初心者」と言っていたけど、まさにそんな感じだった。「子供じゃないんだから」と自分で自分に言い聞かせた。大人の男らしく、きちんと再会を果たそう。長い長い空白を経て、ようやくぼくはここまで辿《たど》り着いたんだ。あのとき、きちんと伝えられなかった言葉を今度こそしっかりと告げなくちゃいけない。口が足らなかったばかりに、こんなにも遠回りすることになってしまった。でも、またここから続きを始めればいい。とにかく言おう。「愛はあった。少しどころじゃなかった。きみはぼくの世界の中心だった」そう言おう。

ぼくは指先に全ての神経を集中して、呼び鈴のボタンを押した。ドアの向こうでハンドベルのような音が鳴っているのが聞こえた。半歩ほど下がって待つ。耳を凝らし、ドア越しに彼女の気配を窺《うかが》う。しかしいくら待っても、何の反応も聞こえてこない。もう一度呼び鈴を押した。しかし、やはり反応は無かった。ドアノブに手を掛け回してみるが、施錠されていた。腕時計で時間を確かめる。時差を計算してみると、9時少し前だった。まだ仕事から戻っていないのかもしれない。

ぼくは待つことに決め、ドアに背を預け廊下に座り込んだ。

外見もそうだが、中も立派な造りのアパートメントだった。それなりに古びてはいるが、その分よそよそしさが無く、ぼくはすぐにこの場所が好きになった。一度だけエレベーターから白人の若い男性が降りて廊下を歩いてきたが、2つほど手前の部屋に吸い込まれて消えていった。それ以外は、何も起こらないまま1時間が過ぎた。腹が減ったので、唯一の荷物であるナイロンバッグからスニッカーズを出して食べた。バッグにはそれ以外に歯ブラシと、着替えの下着とシャツが1枚ずつ収まっていた。それから、また15分ほどが過ぎた。お腹が満たされると、旅の疲れもあったせいか眠くなってきた。膝《ひざ》に顎《あご》をのせて、うとうとと微睡《まどろ》む。チンとエレベーターが到着する音が聞こえたが、顔を上げるには、ぼくの頭はあまりに重くなり過ぎていた。ついでに瞼《まぶた》も重く、ぼくは夢の中のことのように近付く足音を聞いていた。

微かに目を開いてみると、ワインレッドのパンプスと形のいい脚が見えた。

「誠人」

ぼくを呼ぶ声が天上の歌声のように優しく響いた。ぼくは視点が定まらず、目をごしごしと擦《こす》った。

「久しぶりね」

声に誘われるように顔をゆっくりと上げる。

ストッキングに包まれた小さな膝小僧。そしてタイトスカートの中に消えていく柔らかそうな腿《もも》。幅のある腰。急速にくびれていくウェストライン。白いブラウスの下で窮屈そうに隆起している豊かな胸。

背がすごく高くなった。ナイルブルーのスーツがとてもよく似合っている。どこから見ても完璧《かんぺき》な大人の女性だ。

すごいやあ、と思った。どこもかしこも、あれもこれも、みんなすごくなった。まるで別人だ。細く綺麗な首、繊細なおとがい、官能的な唇――

ちょっと行き過ぎなような気もした。これじゃあ、まるで別の女性みたいだ。唇の形まで変わってしまうなんて。

ぼくはもう一度目を擦り、彼女の顔をじっくりと眺めた。静流とはまるで別人のようだった。そして、それはぼくのよく知っている女の子にとても似ていた。似ているなんてもんじゃない。彼女そのものだった。

「みゆき?」とぼくは訊いた。

「ええ、そうよ。ようこそニューヨークへ」

*

「じゃあ、静流が書いていたルームメイトって、みゆきのことだったんだ」

「驚いた？」

「驚いたよ。おかげですっかり目が覚めた」

彼女はヤンキースのロゴが入ったトレーナーに、ブルージーンズ姿になって、ぼくの前に座った。

「半年ぐらい前から、ここで一緒に暮らしていたの」

「教えてくれればよかったのに」

「そうなんだけど、いろいろ事情があって、それもできなかったのよ」

「事情？」

「いずれ話すわ」

お湯が沸いた音がして、彼女はキッチンに向かった。

「ローズティーでいいかしら？」

彼女が訊いた。

「コーヒーは駄目だったのよね」

「うん」

みゆきはお茶を淹《い》れながら話を続けた。

「ここのすぐ近くにね、10番街の先なんだけど、ギャラリーがまとまって入っているビルがあるのよ。そこでたまたま静流の知り合いが写真展を開いていて、彼女が手伝いに来ていたの」

みゆきはカップを2つ持ってリビングに戻ってきた。どうぞ、と彼女は1つをテーブルの上に置いた。ぼくは手に取り一口飲んだ。

「おいしいね」

「でしょ?」

それでね、と彼女はさらに続けた。

「私はずいぶんと前から、結構まめにそういうところに足を運ぶようにしていたの」

「静流と会うかもしれないから?」

「そうよ。チェルシーやソーホーは、若手のフォトグラファーがたくさん集まってくる場所だから。何か情報が得られるかもしれないでしょ?」

「うん。そしてついに再会したんだ」

「そう。でも、最初は気付かなかった。東洋人の女の子がいるなっていうのはすぐに分かったんだけど、あの頃の静流とはやっぱりかなり違っていたし」

「そう?」

「ええ。けれど、彼女はすぐに気付いたみたい。にこにこ笑っているのよ。その笑顔がすごく懐かしい気がして、それでようやく私も静流だって分かったの」

「驚いただろうね」

「そうね。やっと見つけた！　って感じかしら。もう二人で抱き合って泣いちゃったわ。聞いたら、もう何か月も私たち、すぐ隣り合った街で暮らしていたっていうじゃない。それには驚いたわね」

「彼女、実際どんなふうだった？」

みゆきが、なにやら意味ありげな眼差《まなざ》しでぼくを見た。

「気になる？」と訊く。

「うん、まあ少しね」

「すごく綺麗になったわよ」

彼女は言った。

「背は、私より少し低いぐらい。あいかわらずほっそりしてて、髪も長くしていた。色が磁器のように白くて、大きな黒い目が印象的だった。もう眼鏡は掛けていなかったわ」

「ちょっと想像できないや」とぼくは言った。

「まあ、会ってみれば分かることだし」

そこでみゆきの表情が少し曇った。申し訳なさそうに言う。

「それが、彼女何日か前から、クリスティーと一緒に撮影の仕事に出ちゃってるのよ」

「クリスティー？」

「そう、彼女のボスよ」

「あの、クリスティー・チャンのこと？」

「ええ。やっぱり誠人も知っているのね」

「知ってる。なるほどね、静流が言っていたフォトグラファーって彼女のことだったんだ」

クリスティー・チャンはルポ写真からファッション写真まで、幅広い分野で商業的成功を収めている女性フォトグラファーだった。

「どうしても抜けられない仕事で西海岸まで出掛けてるの」

「個展は明後日《あさって》からだよね？」

「ええ、きっと誠人が来てくれるはずだからって、楽しみに待っていたのに」

「でも仕事じゃ仕方ないよ」

「そうね。なんか相当なセレブのポートレート写真だとかで、場所もシークレットなのよ。あいかわらず静流は携帯電話を持たない主義だし」

「なるほど」

実は、ぼくも携帯電話は持っていなかった。学生の頃の決意はいまだに連綿と生き続けていた。

静流がいないという事実に、ぼくは確かに落胆していたけれど、もうここまで来た以上、いたずらに急ぐ必要は無いのだとも感じていた。行方をまったく摑めずに待ち続けていた日々とは違う。彼女とぼくは繫《つな》がっている。少なくとも、同じ地続きの場所にぼくらは立っている。ならば待てばいい。

「ぼくは、明後日まではニューヨークにいられるんだ」

「個展初日ね」

「うん。その日の夜、こっちを出る」

「それまでには帰ってくると思うけど」

「そうだね」

ローズティーを飲み終わると、みゆきはぼくを静流の部屋に案内してくれた。

「もともと別のルームメイトとシェアしていたんだけど、彼女が仕事の関係で出て行っちゃったのよ。だから、静流とはすごくいいタイミングで出会えたって感じだったの」

「やっぱり家賃は高いの?」

「ええ。きっと誠人が想像しているより遥かにね」

「そんなに?」

うなずき、彼女が口にした数字は、ぼくのアパートの家賃の実に5倍以上の金額だった。

「会社がかなり負担してくれるから、残りを二人でシェアしているんだけど、それでも大変」

「聞きしにまさる住宅事情だね」

「そうね。だって、ここはマンハッタンですもん」

部屋は思っていたよりも狭く、調度品もシンプルにまとめられていた。ちょっとシンプルすぎるぐらいだった。ベッドとクローゼット。ライティングデスク。壁にはおそらくクレーと思われる画家の複製画。デスクの上の文庫本を手に取ってみると、ジャック・フィニイだった。きっとあのアパートから持ってきたものだろう。丁寧に手製のブックカバーが掛けられていた。

「この部屋を使ってもらえばいいわ」

みゆきが言った。

「いや、ホテルを探すよ」

「そんなのもったいないわよ。静流からも言われているの。この部屋を使ってもらうようにって」

実は、その申し出はとても有り難かった。お金のこともあったし、これからホテルを探すことは、とてつもない難事業のようにも感じていたから。

「私に気を遣う必要はないわよ。誠人が紳士なことは知っているし、別に紳士でなくても私はかまわないし」

一瞬にして自分の顔が赤らむのを感じた。

「ほんと変わらないのね」

彼女はほとんど感心したような口調でそう言った。

「その格好だって、3年前とまったく変わってないし」

ぼくは茶色いウールのジャケットとベージュのスラックス姿だった。

「あのウェディング展の時の服でしょ?」

ぼくはうなずいた。

「卒業式の時もその組み合わせだったわよね」

再びうなずく。入学式の時もこの組み合わせだったことはあえて言わないことにする。

「誠人を見ていると」と彼女が言った。

「すごくほっとするわ。すごく心が安らぐの」

「昔、静流にそう言われたことがあったよ」

「そうね。きっと彼女もそう言うでしょうね」

再びリビングに戻ると、みゆきがアルコールは？　と訊いた。

「じゃあ、少し。ナイトキャップ代わりに」

彼女は冷蔵庫から缶ビールを持ってきた。

「バドワイザー」

「さすがアメリカだ」

「でも、もとはチェコのビールだって話よ」

「それは知らなかった」

とりあえず缶を合わせて「乾杯」と言う。

「再会を祝って」

みゆきが言った。

「1年ぶりぐらいかな？」

ぼくが訊くと、彼女はうなずき髪をかき上げた。

「そう、一度帰国したとき以来ね。あの時はみんなと大騒ぎしたわよね」

「仕事は？」

「相変わらずよ。いつでも自分の能力の限界のそのまた2つか3つ上を要求されている感じ。でも、やらなければ切り捨てられてしまうし」

「たいへんだね」

どうかしら？　というふうに彼女は首を傾げた。

「でも、能力よりも2つも3つも下の仕事を任されて嘆いているよりはましかもしれない」

「たしかに」

それから二人は居心地のよい沈黙に身を委ね、缶ビールをゆっくりと味わった。みゆきは以前よりも少し痩《や》せたように見えた。柔らかな部分を削《そ》ぎ落とし、彼女はその内側にある硬質な美を無造作にさらしていた。

「静流ね」とやがて彼女が言った。

「すごく嬉しそうだったわよ」

何のことだか分からず、何のことだろう？　というふうに彼女を見た。みゆきはビールを飲み干し、カンと音を立ててテーブルの上に置いた。

「嬉しいって言ったら、ひとつしかないでしょ？」

「て言うと？」

「誠人がずっとあのアパートで静流を待ち続けていたっていう、その事実よ」

ああ、とぼくは大きくうなずいた。

「伝えてくれたんだね」

「そうよ。なによりもまずはそれが大事でしょ？」

「うん、ありがとう」

そう言ってから、ぼくは少し不思議に思った。

「でも、なんでそのとき連絡くれなかったんだろう?」

「いろいろあったの」

みゆきが言った。

「いろいろ?」

「そう、いろいろ」

「どんないろいろ?」

「一言では言えないわ。仕事だとか、彼女自身の心境だとか」

みゆきの歯切れの悪さが気にはなったけど、深くは詮索《せんさく》しないことにした。とにかく彼女が言うように「いろいろ」あったのだろう。

いずれにせよ、静流はぼくが彼女を待ち続けていることを知った上で、あの手紙を寄越《よこ》したのだ。だからこそ彼女はあれほど真っ直ぐで迷いのない思いを綴《つづ》ることができた。そういうことだ。

互いの思いは通じている。まるで外宇宙との交信みたいに時間と手間の掛かるコミュニケーションだったけど、ぼくらはようやく誤解も間違いもない対話を成功させたのだ。

みゆきは、この話はおしまい、みたいに立ち上がり、空き缶を持ってキッチンに向かった。ぼくも残っていたビールを飲み干し、みゆきのあとからキッチンに入った。彼女に空き缶を手渡す。リビングに戻り掛けたところで、ぼくは気付いた。

「これ……」

ぼくが言うと、みゆきはちょっと顔を赤らめた。壁に寄せたテーブルワゴンの上にフォトスタンドに収まった流星写真があった。B5サイズのノートタイプパソコンの隣に、それは置かれていた。

「いまだに大事にしてるわよ。願いがかないますようにって」

「うん」とぼくは言った。何でだろう？　胸が熱くなって、言葉がうまく出なかった。

「4年のときにみんなで撮りに行った写真はベッドの脇に置いてあるの。日に3度、写真に向かってお願いしているわ」

「なんて？」

「秘密。女の子の願い事なんて男の人に言えるわけないでしょ？」

「たしかに」

それからぼくらはリビングに戻り、おやすみを言い合った。

「いい夢を見てね。明日は好きなだけ寝てていいわ。私は朝早くに出ちゃうから」

「うん、わかった」

少しだけ見つめ合い、照れ隠しに微笑んで、そのままそれぞれのベッドへと向かった。

静流の部屋で服を脱ぎ、ランニングシャツとトランクスになってぼくはベッドにもぐり込んだ。いささか大き過ぎるぐらいの枕があった。鼻を埋《うず》めてみる。静流の匂いを確かめようとしたけど、洗いたてのリネンの匂いしかなかった。「チビ球」だけを残し、ぼくは薄明かりの中で天井を見上げた。これといって特徴のない白っぽい天井だった。きっと静流もこうやって毎晩眺めながら眠りに就《つ》いていたのだろう。

ぼくは満ち足りた気分でいた。

待つことは楽しかった。すでにクライマックスは始まっていたし、与えられた猶予は、このクライマックスをさらに楽しむためのエクストラボーナスのようなものだった。

きっと静流も、この大陸の向こう端で同じように感じているはずだ。

前夜祭の昂揚《こうよう》を楽しんでいる。長い序章を終え、これから本編が始まるというところで、ページをめくる手を止め、幸福の予感に身を委ねている。そして、こう思う。あの人もきっと私と同じことを考えているはずだ、と。

眠りの分だけぼくらは近付く。幸福な再会が眠りの果てに待っている。

「おやすみ、静流」と囁《ささや》き、ぼくは彼女のベッドの中で幸福な眠りに落ちていった。

翌日は9時過ぎに目が覚めた。すでにみゆきは仕事に出掛けた後だった。テーブルの上にトーストとスクランブルエッグがあった。「予備の鍵《かぎ》よ、これを使って」と書かれたメモがあり、銀色のキーが置かれていた。

朝食を済ませると、ぼくはナイロンバッグを手に街に出た。東に向かって進み、5番街にぶつかったところで、こんどは進路を北に変えた。おそろしいほどの人の数だ。目が回りそうになる。馴《な》染《じ》みのない匂いがあり、聞き慣れない声があり、見たことのない景観がどこまでも続いていた。ビルは高く、空は狭かった。40分ほど歩いてようやく目的地のセントラルパークに着いた。

『ムーン・パレス』のフォッグに倣《なら》って、メトロポリタン美術館の近くから公園内に入った。『ムーン・パレス』はぼくの大好きな小説だった。『スローターハウス５』と同じぐらい好きだった。ポール・オースターの小説の中ではナンバーワンだ。

フォッグは最初の夜、ソフトボール・グラウンドの隅で野宿したことになっていたが、巨大な楕《だ》円形《えんけい》の芝生地にはいくつものグラウンドがあり、どれがそうなのか見極めることはできなかった。それでもとりあえずカメラを出して何枚か写真を撮った。

平日でも多くの人間が様々な目的で公園を訪れていた。草野球をしている若者もいたし、ジョガーもいた。ベビーカーを押した母親がいて、夫婦連れの老人がいた。幸福そうな女がいて、天に向かって嘆いてる男がいた。きっと静流なら彼女たちの幸福を、彼らの悲哀を上手に切り取って見せてくれるのだろう。芝生の上を歩きながら、そんなふうに思ったりもした。

それからぼくは、引き続きフォッグの足跡を辿るべく貯水池に向かった。馬道を反時計回りで回り、今度は公園の西側を南下した。途中屋台でホットドッグとコーラを買って、動物園のペンギンを見ながらそれを食べた。彼らは自分たちが飛べないことがどうしても信じられないといった様子で、羽の調子を確かめるように何度も羽ばたかせていた。

ぼくはバッグから擦り切れた『ムーン・パレス』の文庫本を出し、いま自分が見てきた光景と照らし合わせてみた。想像どおりだったところもあるし、想像とはまったく違っていたところもあった。（動物園は想像よりも遙かに小さかったし、入場料を取られるとは思ってもいなかった）

さすがに疲れてきた。ぼくはバッグに本を仕舞うと、ペンギンたちにさよならを言って、公園をあとにした。

アパートメントに帰りついたのは、午後の3時少し前だった。ぼくは静流のベッドに身体《からだ》を放り投げ、すぐにそのまま眠りに落ちた。

*

電話の音で目が覚めた。

いつからコールが鳴っていたのか分からないけれど、すぐにそれは留守番電話の無機質なアナウンスに変わった。電子音が響き、こもったような男性の声が聞こえてきた。

「里中です」と男は言った。静流の父親だとすぐに気付いた。

「お気遣いのお手紙ありがとうございました。四十九日の法要もつつがなく終わり、静流のお骨も無事郷里の墓地に納骨されました。ご帰国の際は、ぜひ我が家へお立ち寄り下さい。富山さんにお渡ししたい物もありますので、よろしくお願いいたします――」

*

「どうしたの?」

みゆきの怯《おび》えたような声があった。部屋の灯《あか》りは点《つ》けていなかった。ぼくはリビングの床に膝を抱えて座っていた。泣き尽くしたあとに突然訪れた、奇妙な空白の中にぼくはいた。

「静流のお父さんから電話があった」

ぼくは言った。

「留守電に入っている」

何かを察したらしく、彼女は少しためらうような間を置いてから再生のボタンを押した。テープが回り出し、静流の父親の声が流れた。

全てを聞き終えたあと、彼女が訊ねた。

「大丈夫?」

ほとんど囁くような声だった。彼女は部屋の灯りを点けないまま、ぼくのもとまで歩いてきた。月の光が窓から差し込み、彼女のシルエットが青白く見えた。

「あんまり大丈夫じゃない。つらいよ」

「ええ、そうね」

みゆきはぼくの隣に座り、同じように膝を抱えた。

「私も、いまだにそうよ」

「ようやく分かったよ」

「そう?」

「静流の部屋に何も物が無かったことや、彼女の匂いがどこにも残っていなかったことのわけが」

そうよ、と彼女は言った。

「あの部屋は、もう3か月以上も前から使われていなかったの」

「なにか病気だったんだって?」

「何故《なぜ》それを?」

「クリスティーの事務所に電話したんだ。番号を調べて。それで教えてもらった。ただ、ぼくの英語力じゃ詳しいことは分からなかった」

そう、と彼女は呟《つぶや》き、しばらく何も言わずにぼくと同じように呼吸をしていた。演ずる必要がなくなったいま、みゆきは自分の悲しみを解き放っていた。彼女の悲しみはけれど、ぼくにとっては慰めとなった。

「いずれ分かることだから」とやがてみゆきが言った。

「すべてをありのままに話すわ」

みゆきは自然な仕草でぼくの腕に手を置いた。彼女の指は微かに震えていた。街のどこかで車のクラクションが鳴った。遠い昔に滅びた森の獣の声のように、それはもの悲しく響いた。

「静流の病気」と彼女が言った。

「うん」

「とても変わったものだったの。あまり知られていない病気なの」

ぼくはうなずいた。クリスティーの事務所の人間もそんなことを言っていた。(strange disease)

そんなふうに静流の病気を形容していた。

「おそらく遺伝で。お母さんから」

「お母さんから?」

「ええ。お母さんもこの病気で亡くなっているのよ」

その言葉でふいに思い出した。いつか静流が言っていた。

(恋が彼女を大人の女性に変えたの——)

そして、静流を産んで8年後に母親は死んだ。

「弟さんもそう。やっぱり同じ病気で去年の秋に」

みゆきは言った。

「辿った経緯は違っていたけれど、同じ病気だろうって。根の部分は変わらないだろうって」

「みんな恋をしたから死んだの?」

ぼくの言葉に、みゆきが息を止めた。頬を強《こわ》ばらせ、ぼくの腕に置いた自分の指先を見つめる。

選択肢はない。ただ、彼女は躊躇《ためら》っていた。おそらく、ぼくのために。

「そうよ」

長い沈黙のあとに、みゆきは言った。

「初めての恋が彼女たちを大人にしたの。愛することによって成長をして、成熟する。そして束《つか》の間《ま》の青年期を終えると、その先の季節を知ることなく足早に去っていってしまう——」

「蜻蛉《かげろう》のようだね」

「ええ、そうね」

6年、とぼくは呟くように言った。

「ぼくと出会ってから、静流はたった6年で……」

あまりにも短すぎる人生。恋の代償が50年分の月日だなんて、そんなの――

「ずっと子供のままだったのに」

ぼくが、と言って、唇の震えを抑えるために手を当てた。

「ぼくが静流を――」

「ねえ」とみゆきがぼくの思考を断ち切るように言った。

「これは病気と言うより、ひとつの生き方なのよ。彼女たちはこうやって生きていくの。生まれて、恋とともに成長して、そして短い生を終える。蜻蛉の生き方を病気だとは言わないように。そうでしょ？　彼女も彼女なりの生き方で人生を全うしたのよ」

強い語気だった。そして強い視線だった。

「恋をしないで生きてはゆけないわ」

ふと、思いついたというように彼女が言い添えた。けれど、それはあらかじめ用意された言葉のようにも思えた。

「誠人と出会ってなくても、だから、いずれ――」

目が合い、かつて無いほどぼくらは長い時間見つめ合った。みゆきは口角を吊《つ》り上げ笑おうとした。でも、その試みは半ばで放棄された。その名残だけが、彼女の頬《ほお》に残された。

「そうだね」

ぼくは言った。

「そうかもしれないね」

いまはそう言うしかなかった。ぼくの荷をみゆきに背負わせるわけにはいかなかった。

「弟は」とぼくは言った。

「静流に恋してたんだね?」

ええ、とみゆきはうなずいた。

「そのことでは静流も苦しんでいたわ。でも最後には自分の気持ちと折り合いをつけていたみたいだったけど」

「恋をしないで生きてはゆけない、から?」

「ええ、そうよ」

ぼくはふとボリス・ヴィアンの『うたかたの日々』を思い出した。肺に睡蓮《すいれん》の花を咲かせて死んでいったクロエの話を。死を招く睡蓮の花、そして死に至る恋の病。さして重なるところは無いように思えたけれど、どちらも不条理な死であることに変わりはなかった。

ぼくは訊いた。

「静流はいつ気付いたんだろう?」

「はっきりといつだとは聞いていないけど」

みゆきはそう言って髪をかき上げた。

「やっぱり弟さんが亡くなった頃から、もしかしたら今度は自分がって、そう思っていたかもしれない」

あるいはそのずっと前、あのアパートからいなくなるよりも前に、彼女は自分の姿を母親と重ねていたのかもしれない。もしかしたら、ぼくらが出会うよりも前から。

彼女の心はいつでも揺れ動いていた。撞着《どうちゃく》的な思いにその小さな身体を引き裂かれるようにして生きていた。だから彼女は嘘《うそ》をついた。言葉を翻し、態度を変えた。愛を求め、そしてそこから遠ざかろうとした。自分に未来がないことを知り、みゆきに譲る形で身を引いた。

静流がどんな気持ちで嘘をつき続けていたのか、それを思うと、ぼくの胸は激しく痛んだ。彼女の真実に気付けずにいた自分が情けなかった。

「今回のことも静流が?」

ぼくの問いに、みゆきはうなずいた。

「そうよ。病院に入院してしばらく経ってから彼女が言い出したの」

「自分が生き続けているように芝居をして欲しいって?」

「ええ。ベッドの上でたくさん手紙を書いていたわ。これから先もまだ送り続ける計画だったから」

「でも何故?」

どう考えても、いずれはばれてしまう嘘だった。それでも、それを承知の上で静流は嘘をつくしかなかったのだろうか?

「何故かしらね」

そう言って、みゆきは視線を窓の外に向けた。月は見えなかった。けれど、床の上には矩形《くけい》の月影があった。

「訊いたことはないわ。でもね、楽しそうだった。すごくね――」

そこでふいにみゆきの言葉が途切れた。鼻をすんと言わせて、目の縁を拭う。

「痩せて、細くなってしまっていたの。ペンを持つのも大変で。だけどね――」

そこまでが精一杯だった。みゆきは「ごめんなさい」と言って、そのまま俯いてしまった。頬に長い髪が掛かり、それが小さく震えていた。ぼくは彼女の肩に手を掛け、身体を引き寄せた。悲しみを寄り添わせるように、重なり合った2つのNの文字のように、二人は一緒に心を震わせていた。

矩形の月影が少しずつ移動してゆき、やがてぼくらのつま先を照らした。みゆきの足の指はとても小さく、ぼくは自然と静流のことを思い出した。最後の最後まで嘘つきだった小さな女の子のことを。

「手紙」とぼくは言った。

「送ってよ。待っているから」

ぼくの隣で、みゆきがこくりとうなずいた。

「あのアパートがある限り、ぼくはあそこにいるから」

ええ、送るわ、と彼女は言った。

ぼくは長く息を吐き、手の甲でごしごしと目を擦った。

「今夜は眠れそうにもないな」

「私もよ」

彼女は頬に掛かる髪を耳に掛け、人差し指で目の縁を拭った。

「彼女がいなくなってから、もうずっとだけど」

そしてようやく、彼女が微笑みを顔に浮かべた。濡れた頬が赤く染まっていた。

「静流の話を聞かせてあげる。もう、隠す必要もないんだから」

みゆきが言った。

「ずっと誠人のことばかり言ってたわよ。あなたに会いたがっていた」

「うん」

彼女は顔を上げ、窓の外を見遣《みや》った。

「夜は長いわ」

モノクロームのシルエットを見せて、彼女は何かを探すようにじっと夜空を見上げていた。

「たくさん話してあげる」

彼女は言った。

「たくさん、静流のこと」

*

受付は白人の若い女性だった。目が合うとにっこり笑って、奥へどうぞ、というふうに手で促された。

時刻は夜の6時を回っていた。ぼく以外に人はいなかった。おそらく知り合いたちは、昼間の早い時間に訪れてしまったのだろう。そのほうが有り難かった。見知らぬ人間から静流の話を聞かされたくはなかった。

衝立《ついたて》パネルでギャラリーはいくつかの部屋に仕切られていた。最初の部屋には6点ほどの写真が展示されていた。その全てがモノクロームだった。部屋全体のテーマを表すのか、順路の最初の壁に、「fluke」と書かれたプレートがあった。

fluke——偶然の幸運。彼女らしい遠慮がちな表現だった。技量ではなく幸運であると彼女は言っているのだ。

それは子供たちの笑顔だった。アングロサクソンの、アフリカ系の、ラテンの、アジア系の子供たちの笑顔があった。なにが可笑《おか》しいのだろう? なにが楽しいのだろう? 子供たちは、めいっぱい口を広げて、最高の笑顔を見せていた。見ているだけでこっちが笑い出したくなるほど、楽しい写真ばかりだった。きっと彼女だけの秘策があるに違いない。でなければ、子供たちがこんなに手放しの笑みを見せるわけがない。１０００の手でくすぐられているように、身をよじって笑っている子供もいた。抜け落ちた前歯の隙間を見せながら、けらけらと笑う声まで聞こえてきそうだった。

背景にはニューヨークの様々な景色が写っていた。裏路地があり、ブロードウェイがあり、ハドソン川の畔《ほとり》があり、そしてセントラルパークのシープ・メドウがあった。

次の部屋もただ素っ気なく「fluke II」とだけあった。

おそらく最初の頃に撮ったと思われるフランスの片田舎の光景。そこにも必ず人物は写っていた。洗濯物を干す女性。農作業をする老人。「撮らないで」と言うようにカメラに向かって手のひらを突き出しているアジア系の女性。おそらく、この人物がクリスティー・チャンなのだろう。すごく親密な笑みを浮かべている。撮り手に心を許していることが写真から読みとれる。幸福な出会いだったのだろう。

アメリカで撮ったと思われる作品もあった。荒野の月を背に焚《た》き火《び》を囲んでいる男たち。街の労働者。モニターを見つめるエンジニア。ごく個人的な視点から撮られたそれらの写真は、どれもが彼女の内面を映し出す鏡のようだった。シャッターを押す瞬間の彼女の心をぼくは感じ取ることが出来た。

次の部屋で作品の傾向ががらりと変わった。プレートには「myself」とあった。言葉のとおり、彼女のセルフポートレートが並んでいた。

最初の1枚から静流はぼくの心を強く引き寄せた。これは彼女がぼくに宛《あ》てた私信だった。愛の仕草、求愛のメッセージだった。

時を超えて向かい合い、ぼくらは互いに見つめ合っていた。

彼女は田舎道の真ん中に立ち、風にワンピースの裾《すそ》をそよがせながら、柔らかな視線をカメラに向けていた。おそらくフランスで撮られた写真だ。最後に見た彼女とそれほど変わっていない。眼鏡は外している。長い髪が風に舞っている。

唇をわずかに開き、彼女は何かを言おうとしている。

その仕草が懐かしく、ぼくは静流の声を聞いたような錯覚を覚える。

「誠人」と彼女がぼくを呼んだような、そんな気がして耳を澄ます。けれど、写真の中の彼女は、何かを言いかけたままの姿で止まっている。言葉は、永遠に届かない。

ぼくは小さくかぶりを振って、次の写真に向かう。

2枚目は室内だった。キャミソールにショーツ姿。成長の証《あかし》を見せつけるかのように胸を強調するポーズをとっている。長い髪が顔に掛かり、ひどく煽情《せんじょう》的だ。変化をはっきりと感じる。女性らしいラインが顕著になり、面立ちも変わっている。静流と言うより、彼女の姉を見ているような気持ちになる。

白いコットンの下着を着ていた頃の静流はいない。光沢のあるシルクのキャミソール。ショーツに包まれた下腹の柔らかな曲線。起伏がつくる陰。

彼女は成長し、成熟していた。

恋とはそういうことだから。異性を受け入れ、愛を育むために大人になる。全ての命がそうやって手渡され、ぼくらに引き継がれてきた。

彼女のこの豊かな肉体は、けれど何処にも行き場を持たない。彼女で終わる。悲しみをたたえた終結部《コーダ》。豊かであるほど悲しみに向かう肉体がそこにある。


3枚目もどこかのアパートの部屋の中だった。窓の外からニューヨークの摩天楼《まてんろう》が見える。かなり高い階にあることがわかる。彼女は窓辺に寄りかかり、夢見るような視線でカメラを見ている。比較する物がなくても、彼女の背がとても高くなったことが分かる。紛れもなく大人の女性だ。しかもとても魅力的だ。たっぷりとしたニットにスリムなブルージーンズ。このときに初めて出会ったとしたら、ぼくは臆《おく》して決して声など掛けることはできなかっただろう。彼女は自分の身体にすっかり慣れ、自信を持って全てをコントロールしているように見える。不器用な彼女はどこにもいない。

それにしても不思議な眺めだった。たった3年の月日が、これほど彼女を変えてしまったなんて。病と呼ぶには、あまりに生命力に満ち、力強い変化だった。その先にあるはずの時を代償として、彼女は輝いている。命の奇蹟《きせき》を高らかに謳《うた》っている。

次の写真はさらにあからさまな、ぼくへの呼び掛けとなっている。「ねえ、ほら見て」と言っている。

彼女は胸が大きく開いたドレスを着ていた。「胸のぶわって開いた服」だ。プレーンなドレスは彼女のシルエットを際立たせていた。豊かな胸と細いウェスト、見事に張った腰とそこから伸びるしっかりとした肉付きの腿。彼女は長い髪をかき上げ、挑発的な眼差しでこちらを見ていた。たしかに男の子たちは放っておかないだろう。

よく見ると彼女が細かい演出をしていることに気付かされる。ドレスの肩ひもが少し落ちかかっていることや、ほつれ毛が唇に掛かっていること、アシンメトリーに描かれた眉《まゆ》のアーチ。

けれど、それらはつまるところ、これが念の入ったパロディーであるということの証左に過ぎない。

これほどまでにエロティックなトーンでまとめているにもかかわらず、静流の口にはあのドーナツビスケットがくわえられていたのだから。

最後の写真は見なくても見当が付いた。

ついに撮ることのなかったヌード写真。彼女はそれをセルフポートレートという形でぼくに残していた。

彼女はベッドの上にいた。波のようにうねるシーツの中央に、カメラに背を向け横座りしていた。

身を捻《よじ》るようにして、レンズを見つめている。左手をシーツの上に置き、右の手のひらで左の乳房を持ち上げている。それはどこか赤ん坊に乳を飲ませる母親の姿を思い起こさせる。

彼女の意図は明らかだ。蒙古斑の消えたすべすべのお尻と、柔らかなおっぱい、その2つをぼくに示そうとしている。そして、1枚の写真の中に、それは見事に収まっている。つるりとした彼女のお尻には、どこにも蒙古斑の影はない。重みのある、豊かなお尻だ。美しい背骨のラインと、肩胛骨《けんこうこつ》の窪《くぼ》み、染みひとつ無いすべらかな背中。手のひらからこぼれそうな柔らかな乳房。

レンズを見つめる彼女の目が言っていた。

「どう？　それはそれはみごとな花でしょ。何もかもがすごいでしょ？　よく見てね。これが私よ」

だから、ぼくは彼女の乳房やお尻を真剣に見つめる。決して忘れないように、細部にまで視線を配り、カメラのような目で見て、心に強く焼き付けた。この胸も、この腰も、絶対に忘れない。思い起こすたびにどきどきしてしまうぐらい、リアルな静流の姿をこの胸に留《とど》める。

（すごいや静流）

ぼくは心の中で彼女に言った。

（ほんとにすごいよ。うぶで純情なぼくは目を回しちゃいそうだよ）

写真の中の彼女が、ぼくを見て微笑んでいる。

「memory」が最後の部屋だった。

1枚目は出会い。

クレジットには「by makoto segawa」とある。ぼくが静流を撮った最初の1枚。幾《いく》つかのフィルムを彼女が持ち出していたことは知っていたけど、まさかここでまた再会することになるとは思わなかった。

車が行き交う国道。その歩道を歩み去る静流の後ろ姿。前の部屋の彼女と比べると驚くほど幼い。こんなにも彼女は小さかったんだ。

無造作にカットされた短い髪と、鼠色《ねずみいろ》のスモック。どこかぎこちない姿。

この出会いから6年の月日が流れた。そのことが嘘のように思える。行き交う車に昂然《こうぜん》と手を掲げている静流を見たのは、ほんの数日前のことだったような気がする。60%の笑顔、遠視眼鏡の奥の大きな瞳《ひとみ》、鼻をズズッと啜《すす》る仕草。そこからもう6年も離れてしまったなんて。

唐突に、驚くほど強い感情が胸に湧《わ》き起こる。

この時に帰りたい。もう一度、この場所からやり直したい。友達のままでいいから、いや、ただ遠くにその存在を感じるだけでかまわないから、ずっと彼女を見つめていたい。言葉を交わせなくたっていいから、彼女がぼくのことを知らなくたっていいから、一生、ずっとぼくの片思いでもいいから、彼女に生きていてもらいたい。今度はうまくやるから、こんなふうにはならないようにするから、だから——時を戻したい。

涙がふいに込み上げてきた。口を開き、そっと息を吐き、ぼくは感情の高ぶりが収まるのを待った。人の気配を感じ、慌ててシャツの袖《そで》で目元を拭う。

「可愛らしいお嬢さんねえ」

隣に立ったのは、小柄な老婦人だった。綺麗な白髪と鼈甲《べっこう》の眼鏡、手には古びた皮のハンドバッグを提《さ》げている。

「この写真は」と彼女に応《こた》えるように言った。

「ぼくが撮ったんですよ」

涙声だったが、彼女は気にするふうでもなかった。小鳥のようにうなずく。

「ぼくの恋人なんです」

その言葉に、さもありなんといったふうに微笑んでみせる。

「そうだと思ったわ。これは恋する女性の写真なのね」

そう、これはぼくらの恋愛写真だった。この出会いの瞬間に彼女はぼくに恋をしたと言っていた。レンズに背を向け、歩み去っていく女の子は、たったいま恋に落ちたばかりだった。だから、こんなにも幸福そうな後ろ姿を見せているのだろう。

ぼくは老婦人とともに奥へ進んだ。彼女は脚が悪いのか、ゆっくりとしか歩けなかった。一歩進むたびに、彼女の喉《のど》からグッ、グッと奇妙な音が漏れた。年老いた鳩《はと》が歩いているみたいだった。

次の写真は、キャンパスのメインストリートを歩く静流だった。

誰もいない空間で、彼女は楽しげにステップを踏んでいる。ユニークでオリジナルなステップ。

「まあ、可愛らしい」と老婦人は言った。

「あなたのガールフレンドはほんとに素敵な人なのね」

ぼくはうんうん、とうなずき、何度も咳払《せきばら》いをしてから説明した。

「よく憶えています」

ぼくは写真をじっと見つめながら言った。それでも彼女の姿はぼんやりとぼやけていた。

「このすぐあとに、ぼくらは誰もいない学生食堂で言葉を交わしました。そして友達になったんです。彼女はドーナツビスケットを美味《おい》しそうに食べていました。ほんとに美味しそうに」

ええそうね、と老婦人は相槌《あいづち》を打った。

「私もビスケットは大好きよ。息子たちによく焼いてあげたものだわ」

記憶が止めどなく蘇ってくる。彼女のハスキーな声。ぎこちない笑み。ポケットに仕舞われたたくさんのティッシュ。

さらに、夜明け前の国道で踊る彼女がいた。幸福そうに舞っている。街灯の光の中で、生きることの喜びにその瞳を輝かせて。

老婦人は、まあ、まるで『アビイ・ロード』のジャケットのようね、と嬉しそうな声を上げた。

「あなた知ってる?」

「はい、知っています。ポールがタバコを手に、裸足で歩いている写真ですよね」

「そうですよ。上の息子が好きで、良く聴いていたものよ」

彼女は「オー! ダーリン」を意外なほど細く綺麗な声でハミングした。そのまま先へと進んでいく。今度はグッ、グッという音は聞こえなかった。

次の写真にぼくは少し驚かされた。そこに写っていたのがぼく自身だったから。

静流が撮ったのだろう。ぼくの知らない写真だった。

「あなただわ」と老婦人がはしゃいだように言った。

「いい写真ね」

ベッドの上で文庫本を読んでいる姿。アングルからしてダイニングから写したのだろう。そこに静流がいるのはあたりまえのことだったから、少しも注意を向けていない。完全に本に没頭している。それがどれほど脆《もろ》く、儚《はかな》い瞬間であったのか、この写真のぼくは気付いていない。彼女がそばにいることは当たり前で、その日々がいつまでも続くと信じ切っている。彼女の視線は優しく、ぼくは母親の腕の中の子供のようにくつろいでいる。

「すごく楽しかったな……」

喉がふさがり、囁くような声しか出なかった。

「ほんとに毎日が楽しくて、彼女との暮らしが楽しくて、終わりがあるなんて思いもしないで、彼女を失うなんて、そんなこと——」

ぼくが言葉に詰まると、老婦人は優しく手の甲に触れ、ぼくよりもさらに小さな声で囁いた。

「みんなそうよ、みんなそう」

そうやってみんな生きていくのよ。別れはいつだって思いよりも先に来る。それでもみんな微笑みながら言うの。さよなら、またいつか会いましょう。さよなら、またどこかで、って。

ぼくはぎゅっと口を閉じ、潤んでぼやけた目で彼女を見た。

「思っていれば」と老婦人は言った。

「きっとまた会える。そうでしょ?」

ぼくは涙を飲み込み、頬に力を込めたまま何度もうなずいた。何度も何度も。

彼女に引かれるようにして、先に進んだ。


ギャラリーの一番奥の壁に、それはひっそりと置かれていた。

静流の幸福そうな表情に、ぼくは魅せられ、息を止めた。

森の中のキス。ナナカマドの木の下、池の畔で、雨に濡れ、ぼくらはキスをしていた。

ぼくの腕は彼女の背に回され、彼女の腕はぼくの首に巻かれていた。この時は気付かなかったけれど、彼女の手首にはビーズのブレスレットがあった。

二人の髪が濡れて光っていた。彼女の頬が濡れているのは雨ではなく涙のせいだ。彼女は目を閉じ、この瞬間に全人生を生きようとしていた。全ての思いをこのキスに込めようとしていた。この場所に永遠に自分を留めようとしていた。メタファーとしての天国に。

(生まれてきてよかった――)

みゆきから聞かされた、それが静流の最後の言葉だった。

(他の誰でもなく、この私に生まれたことが嬉しいの)

(誠人と出会えて、最高の恋が出来た。片思いで充分だったのに、思いが通じ合えたなんて、こん

な私には出来すぎの人生だった)
(だから私は———あの森のキスの思い出を胸に、微笑みながら静かに去っていくの。ねえ、悲しい顔はしないで。また、いつか、どこかできっと会えるはずだから———それまで、少しだけ、さよならね———)

「私が昔言った言葉、憶えている?」

振り向くと、いつの間にか老婦人はいなくなり、みゆきが立っていた。

「私言ったわよね。あなたは、一人分の幸福をその手に持っているんだって」

憶えている。ぼくはうなずいた。

「その幸福を待ち受けている女の子がこの世界のどこかにいるはずだって」

もう一度ぼくはうなずいた。

「彼女」と言って、みゆきは写真の中の静流を優しい眼差しで見つめた。

「ちゃんと受け取ったのね」

ぼくはみゆきの視線を辿るように、写真の中の静流に目を向けた。

目を閉じ、ぼくの首に腕を回す静流。首を傾げ、顎を上げ、無心にぼくの唇をついばんでいる。

彼女は———この瞬間の静流は、世界中の誰よりも幸せそうだった。そして、きっとそれを与えることが出来たのは、このぼくなのだ。

「静流も」とぼくは言った。

「ぼくに、与えてくれたよ」

そうね、と言ってみゆきが微笑んだ。

静流とキスをしているぼくの顔も、彼女と同じくらい幸せそうな表情をしていた。雨降りの天国で、ぼくらは世界で最高のキスを交わしていた。


写真の下に題名が書かれてあった。

「It was the only kiss, the love I have ever known... 」

生涯ただ一度のキス、ただ一度の恋――


ほほを涙が伝って顎に流れた。ぼくはズズっと鼻を啜り、みゆきに言った。

「静流に会いたい」

彼女も涙を流していた。

「そうね、私もよ」

「きっと、いつか――」

「ええ、どこか遠い場所で、きっと、また会えるはずよ」

だから、それまで――

ぼくはうなずいた。何度も、何度も。

みゆきがぼくにそっとハンカチを差し出してくれた。

＊

絵葉書が届いた。古めかしい洋館が写っているポストカードだった。彼女の小さな字が葉書一杯に綴られていた。

「ハイ、元気ですか？　私は元気よ。いま、イリノイ州のゲイルズバーグにいます。仕事で来ているんだけど、とてもいい街よ。緑が多くて、人は穏やかで。ジャック・フィニイの小説憶えているでしょ？　あの話のとおり、まだこの街には19世紀に建てられた邸宅がたくさん残っているの。小さいながら、オペラハウスだってあるし、歴史を感じさせてくれる街だわ。誠人もあの小説好きだったわよね。あなたと手を繋いで、ブロード街を一緒に散歩したいわ。きっと素敵よ。歩道を歩きながらキスしましょう。私たちの上では、小鳥たちがこう鳴くわ。『メルクルディ、メルクルディ！』って。ねえ、知ってた？　私はあなたのキスの仕方がとても好きだったのよ。あのとき、キスのあとであなたは、今夜はワインを飲もうよって言ったわね。そしてほうれん草のソテーをつくって、いっしょにお祝いしようって。そしてあなたは言ったの。じゃあ、先に帰ってるからね、すぐにおいでよって――

ねえ、信じられる？　それからもう3年以上の月日が流れてしまったなんて。こんなにもあなたを待たせてしまったなんて。

でも、もうすぐよ。もうすぐあなたのもとに帰るから。だから、待っててね。今度こそ、きちんとあの部屋に帰るから。そして、もう二度とあなたのそばから離れたりしないから。あなたが嫌がったって、絶対くっついて離れないんだから。ねえ、いいでしょ？

さあ、そろそろ書く場所がなくなっちゃったわ（こんなに小さく書いているのに！）。

あなたに会える日を楽しみに、私は毎日を精一杯がんばってやっていきます。そしてまた、手紙書くわね。

だからそれまで、少しだけ、さよならね――

世界中で誰よりもあなたのことが好きな

静流」

＊本文中の引用の、八十三頁は、
テネシー・ウィリアムズ著／鳴海四郎訳『テネシー・ウィリアムズ戯曲選集1』（早川書房、一九七七年）、
百三十八頁は、ジョン・ファウルズ著／小笠原豊樹訳『魔術師　下』（河出書房新社、一九九一年）、
二百十八頁は、リチャード・カーティス著／小島由記子訳『ノッティングヒルの恋人』（竹書房、一九九九年）による。

本書は、２００３年６月公開の映画『恋愛寫眞 Collage of Our Life』（監督＝堤幸彦／脚本＝緒川薫）の脚本を発案とし、小説版として著者が書き下ろしたオリジナル作品である。

恋愛寫眞　もうひとつの物語

二〇〇三年　六月二〇日　初版第一刷発行
七月一〇日　第二刷発行

著　者　市川拓司
発行者　山本　章
発行所　株式会社小学館
〒一〇一-八〇〇一　東京都千代田区一ッ橋二-三-一
電話　編集〇三-三二三〇-五一三四
制作〇三-三二三〇-五三三三
販売〇三-五二八一-三五五五
振替　〇〇一八〇-一-二〇〇
印刷所　文唱堂印刷株式会社
製本所　株式会社若林製本工場

*造本にはじゅうぶん注意しておりますが、万一、落丁・乱丁などの不良品がありましたら、「制作局」あてにお送りください。送料小社負担にてお取り替えいたします。

ISBN4-09-386119-6

市川拓司（いちかわたくじ）
1962年、東京都生まれ。獨協大学卒業。
97年からインターネット上で小説を発表。
著書に『Separation』『いま、会いにゆきます』がある。